囚われの令嬢は、極上御曹司から抗えない深愛を刻まれる

m a r m a l a d e b u n k o

西條六花

marmalade bunko
マーマレード文庫

目次

囚われの令嬢は、極上御曹司から抗えない深愛を刻まれる

囚われの令嬢は、極上御曹司から
抗えない深愛を刻まれる

プロローグ

赤坂《あかさか》にある外資系ラグジュアリーホテルは地上二〇〇メートルからの眺望が売りで、夜はきらめく夜景が愉《たの》しめる。

五十階に位置するジュニアスイートは寝室とリビングルームで分かれており、洗練されたインテリアがくつろげる雰囲気を醸し出していた。たくさんの洋酒が並んだミニバーやテーブルに置かれたフルーツの盛り合わせ、豪奢《ごうしゃ》なアレンジメントフラワーなどを眺めた渡瀬絢音《わたせあやね》は、優雅な室内で感嘆のため息を漏らす。

(こんなすごいお部屋にいるなんて、嘘《うそ》みたい。少し前まで、わたしは籠《かご》の鳥のような生活をしていたのに)

今までの絢音は長く屋敷に軟禁され、まったく自由がなかった。

しかし勇気を出してそこを飛び出し、ある人物に出会って、彼と恋に落ちて今に至る。これまでの生活では、自分が恋愛することなどまるで想像できなかった。だが恋人となった彼は年上らしい包容力があり、どんなことからも自分を守ろうとしてくれていて、全幅の信頼を置いている。

アレンジメントフラワーを眺めているとかすかな物音がし、バスローブを着た男性がリビングに戻ってきた。スラリと背が高い彼は均整が取れた身体つきをしていて、顔立ちはひどく精悍《せいかん》だ。意志の強さを感じさせる切れ長の目元に漆黒の髪がサラリと掛かっていて、見つめられると胸が高鳴る。

すっきりとした輪郭や高い鼻梁《びりょう》、薄い唇が形作る容貌は端整で、彼を見るたびに絢音は「きれいな顔立ちだな」と思っていた。こちらに歩み寄ってきた男性が、窓の外を見やりながら言う。

「さすが眺望を売りにしているホテルなだけあって、夜景がきれいだな」

「でも、哉《はじめ》さんはこういう光景を見慣れているのではないですか？　出張であちこち行かれてますし」

「確かに仕事で国内外のホテルにはよく行くけど、わざわざ夜景を眺めたりはしない。大抵は部屋に戻ったときには疲れていて、すぐ風呂に入って寝るパターンだ」

「そうですか」

彼――日坂《ひさか》哉は、総合商社の日坂マテリアルの御曹司だ。

会社の中枢である経営戦略部に所属し、全社的な経営計画の策定やＭ＆Ａ案件、ファイナンス業務など、さまざまな仕事に携わっているという。

家柄と容姿に優れた彼が自分の恋人である事実に、絢音はまだ慣れない。日坂と想《おも》いが通じ合って約一週間、抱き合うのは今日で三度目で、どう振る舞っていいのかわからなかった。

「あ……っ」

ふいに後ろから抱きすくめられ、絢音はビクッと身体《からだ》を揺らす。身長が一八〇センチを超えている彼の腕に、小柄な自分はすっぽり収まってしまい、逃げ場がないことに身の置き所のない気持ちになった。

日坂の手がこちらの頤《おとがい》を上げ、口づけてくる。

「んっ……」

緩やかに舌を絡められ、その感触に陶然とする。

キスをしながらバスローブ越しに彼が胸のふくらみに触れてきて、絢音はドクドクと鳴る心臓の鼓動を意識した。うっすら目を開けると間近に日坂の整った顔があり、彼への想いが急速にこみ上げるのを感じる。

（ああ、……わたし、この人が好き）

出会った当初から日坂は誠実で、普通ではない絢音の境遇を知った上でも親身になってくれた。

彼が手を差し伸べてくれなければ、頼れる人間といえば入院中の顧問弁護士しかいなかった絢音は、きっと路頭に迷っていたに違いない。それ以上に、クールな見た目とは裏腹に真っすぐに愛情を注いでくれる日坂に、絢音は強く心惹《ひ》かれてならなかった。

「ぁ、哉、さん……っ」

寝室のベッドに誘われ、バスローブの合わせを解いた彼に、全身を丁寧に愛される。親族の問題は何も片づいておらず、不安がまだ心の中にはびこっている。だがこうして日坂と肌を触れ合わせているとこの上なく安心し、何も怖くなくなるのが不思議だ。

行為自体はまだ三度目で、慣れたとはいえない。それでも最初に感じた苦痛は既になく、むしろ快感があって、絢音はシーツの上で息を乱した。

こちらに覆い被《かぶ》さる日坂の身体は無駄がなく、しなやかなラインに男らしい色気があり、見つめられるだけでドキドキする。腕を伸ばして彼の背中に触れると、皮膚の下には実用的な筋肉の感触があった。

(男の人の身体って、こんなに重いんだ。それに体温もわたしより高い……)

上気した顔で日坂を見上げると、彼がこちらのこめかみにキスをし、吐息交じりの声でささやく。

「可愛《かわい》いな、君は。俺を信頼してすべてを預けてくれていることが、眼差《まなざ》しや態度で伝わってくる……」

「あ……っ」

充分に絢音の身体を慣らしたあと、日坂がようやく中に押し入ってきた。

初めは気遣うように緩やかに、徐々に律動を激しくされ、絢音は身も世もなく喘《あえ》ぐ。

いつしか互いの身体が汗ばみ、しがみつく腕が滑って指先に力を込めると、彼がこちらの身体を強く抱き返してきた。

「……っ、哉さん、もう……っ」

追い上げられ、切羽詰《せっぱつ》まった声で訴える絢音に、日坂がかすかに息を乱しながら応える。

「ああ、……俺も限界だ」

より律動を激しくされ、彼が最奥で果てたとき、すっかり疲労困憊《こんぱい》だった。

息を乱しながら日坂を見上げた絢音は、手を差し伸べて彼の頬に触れる。すると日坂がその手を握り、手のひらにキスをしてささやいた。

「好きだ——絢音」

想いを込めた言葉に、胸がじんと震える。

知り合ってからまだ日が浅いものの、自分たちは加速度的に恋に落ちた。あの日、銀座《ぎんざ》の雑踏の中でぶつかったのが日坂ではなかったら、自分は今も恋と無縁でいたかもしれない。

そんなふうに考える絢音の乱れた髪を撫《な》で、彼が身を屈めてくる。キスの予感に目を閉じながら、絢音は頭の片隅で日坂との出会いを思い出していた。

第一章

江戸時代から大名屋敷が数多く建ち並んでいた豊島区目白《としまくめじろ》は、明治になると華族たちが居を構え、今もその名残を残している。

そんな中、瓦屋根付きの塀にぐるりと囲まれたその邸宅は、豪邸ばかりのエリアでも群を抜いて広大な敷地を誇っていた。寄せ棟造りの黒い瓦屋根に覆われた日本家屋は品格と静謐《せいひつ》さを感じさせ、見る者にある種の緊張感を与える。

重陽《ちょうよう》の節句を過ぎた九月中旬のその日、午後四時少し前に邸宅を訪れたのは大手ゼネコンの社長とその息子だった。息子のほうはまだ二十代前半と若く、純和風の建物を前に感心してつぶやく。

「すごいな。都内でこれだけの敷地と豪邸なんて、とんでもない金持ちじゃん」

「口を慎め。中に入ったら、お前は一言たりとも喋《しゃべ》ってはならん。とにかく失礼のないようにするんだ」

日本有数の会社を経営し、いつも自信に溢《あふ》れている父がひどく緊張しているのに気づいた息子は、口をつぐむ。

門口でインターフォンを押し、石畳のアプローチを抜けて建物の引き戸を開けると、家政婦らしき女性が応対してくれた。見事な中庭を臨む渡り廊下は塵《ちり》ひとつなく磨き上げられていて、そこを歩く息子は周囲を見回しながら雰囲気に圧倒される。

廊下の先にある一室の前には、二十代後半とおぼしき青年が立っていた。彼は神職の者が着るような松葉色の差袴《さしこ》姿で、柔和で整った顔立ちだ。

男性がこちらに向かって一礼し、にこやかに問いかけてくる。

「野上剛彦《のがみたけひこ》さま、本日は一年半ぶりのご来訪ですね。ご同伴の方は、ご子息ということでよろしいでしょうか」

「はい」

「ご相談の内容は、プライベートに関することですか？」

父が「事業に関することです」と答えると、男性が頷《うなず》き、自身の左手にある和室を示して言う。

「お時間は十分間に限らせていただきます。こちらで少々お待ちください」

襖《ふすま》の向こうは二十畳はあろうかという、広々とした和室だった。

雪見障子から外の緑の植栽が垣間見《かいまみ》え、床の間には立派な書と生け花が飾られている。無垢材《むくざい》の柱や目透かし天井、い草の香り漂う祝儀敷きの畳、龍《りゅう》の立体的な彫刻が施された欄間《らんま》が見事で、息をのむような空間だ。

中央に二枚並んで置かれた座布団に座った父が折り目正しく正座をし、息子もそれに倣う。上座には葵小花柄の金襴《きんらん》の分厚い座布団がひとつ置かれていて、誰かがそこに座るのであろうことが見て取れた。

息子は困惑しつつ、ヒソヒソ声で問いかける。

「なあ、父さん、ここって……」

「しっ。喋るんじゃない」

建物の中は物音ひとつせず、ここが一般の住宅ではないことを感じ取った息子は、居心地の悪さをおぼえる。

今日は父親から「私はあるところに行くが、お前も一緒に来るか」と誘われ、軽い気持ちでついてきた。事前に行き先については他言無用であること、無駄話をしてはいけないこと、相手先に失礼な態度を取らないことなどを言い含められてきたが、彼はそれ以上の詳細を語らなかった。

（一体何なんだろうな。茶も出てこないし）

野上建設といえば知らぬ者がいないほどの大手ゼネコンで、その社長の息子である自分は昔から周囲にちやほやされてきた。

こんなふうにお茶も出されずに待たされるのは初めてで、じわじわと不満が募る。意趣返しの意味を込めてわざと正座している脚を崩そうとした瞬間、襖がすらりと開き、慌てて居住まいを正した。

戸口に視線を向けると、先ほどの袴姿の青年に先導された着物姿の女性が入ってくる。彼女はグレーの地色に立体的な刺繍《ししゅう》で草花文様と小紋箔《こもんはく》の金彩を添えた見事な着物を着ていて、松皮菱文様《まつかわびしもんよう》が雅《みやび》な印象だ。

着物の素晴らしさもさることながら、もっとも目を引くのはその容貌で、思わず目を瞠《みは》った。二十歳前後に見える女性は人形のように整った顔立ちをしていて、赤い唇が白く透明感のある肌に映えていた。

耳元にあしらった花の髪飾りが可憐《かれん》さを引き立て、どこか物憂い表情が儚《はかな》げな雰囲気を醸し出している。座布団に腰を下ろした彼女がこちらに視線を向けてきて、ドキリと心臓が跳ねた。長い睫毛《まつげ》に縁取られたその瞳は深遠な色を湛《たた》え、呑《の》まれたように目をそらせなくなる。

先ほどの青年は女性の背後に正座し、室内はピンと張り詰めた空気に満ちていた。

「野上さま、前へ」

青年に呼ばれた父が立ち上がり、女性の前に座る。

すると彼女は鈴を鳴らすように玲瓏《れいろう》な声で言った。

「お手を」

言われるがままに父が手を差し出すと、女性は白くたおやかな自身のそれでそっと包み込む。そして一度瞑目《めいもく》し、瞼《まぶた》を開くと、父親を見つめておもむろに口を開いた。

「アメリカ西海岸北部の、大きな都市……オレゴン州ポートランド市でしょうか。重機がたくさんありますから、大規模な再開発事業が行われるようですね。こちらのプロジェクトに、御社が関われるかどうかを知りたい——それでよろしいですか」

それを聞いた息子は驚き、父を見る。

オレゴン州ポートランド市はハイテク産業の中心地として注目され、世界的な大手企業の本社が多いのが特徴で、州の中でもっとも人口が多い都市だ。

今回のプロジェクトは、駅前という最高の立地に賃貸住宅棟と商業・オフィス棟からなる巨大な複合施設の建設を予定しており、コンペの参加は社運を懸けたものになると予想されていた。

(でもこの情報は、社外秘のはず。それなのにどうして……)

父が頷き、緊張感のある表情で「そうです」と答えると、女性が再び口を開いた。

「コンペティションの結果、御社はプロジェクト参画を見事勝ち取るでしょう。また、検討中であるベンチャーキャピタルU社への出資は、三年では結果が出ません」

次々と社外秘の情報についての可否を述べる彼女を前に、息子は不可解さを深める。

やがて女性の発言は、それ以外にも及んだ。

「これは事業と関係のないお話になりますが、ご母堂さまが失《な》くされたエメラルドとガーネットのアンティークの指輪は、三ヵ月ほど前に使われたグレーのバッグの中にございます。来月上旬にお風邪《かぜ》を召されるようですから、ご自愛するようお伝えください」

女性がそっと握っていた手を放すと、後ろに控えていた青年が「お時間です」と告げる。父が畳に両手をつき、恭しく頭を下げた。

「ありがとうございました。数々の助言、今回も誠に参考になりました」

＊＊＊

大手ゼネコンの社長だという男性が、漆塗《うるしぬ》りの広蓋《ひろぶた》に代金の入った分厚い封筒を載せ、退室していく。

同行した息子が終始信じられないものを見るような眼差しをこちらに向けていたも

のの、渡瀬絢音は目を伏せることでそれをやり過ごした。

襖が閉まってホッと息をついた途端、重い疲労が肩にのし掛かる。それを見た天堂《てんどう》祐成《ゆうせい》が、気遣わしげに問いかけてきた。

「大丈夫か？」

「ええ」

「今日はこのあと二組の来客があるけど、絢音の身体がつらいなら少し時間を遅らせようか」

過保護な彼の言葉に、絢音は首を横に振って答える。

「大丈夫。予定どおりにこなします」

この屋敷は広大で、来客用のエリアと住居エリアが中庭を挟んで分かれており、表札はあえて出していない。

しかし来訪者は途絶えることなく、一日平均で三人ほど訪れていた。目的は、絢音の託宣を聞くためだ。仕事やプライベートのことなど、大金を積んでも知りたいと思う者たちが人伝に〝千里眼〟のことを知って訪れる。

古《いにしえ》から異能のひとつとして伝承される千里眼は、訪れたことのないはるか遠くの場所まで見通し、これから起きるはずの未来の出来事や過去を視《み》る。物体を透かして肉眼では見えないものを視る透視の能力もあり、その力は稀有《けう》なものだ。

生まれつきその能力を持っている絢音は、これまで相手が知りたいと思う内容を託宣する〝千里眼の巫女《みこ》〟を務めてきた。

顧客は政財界やスポーツ選手、芸能人まで幅広く、現在は数ヵ月先まで予定が埋まっている。誰もが最初訪れたときは懐疑的であるものの、十分という限られた面会時間を終える頃には畏怖の眼差しでこちらを見ていた。

まるで人間ではないものを見るような目を向けられることに、絢音は幼少期から傷ついてきた。しかし十歳で両親を亡くした直後、自分と同じ力を持つ祖母の天堂御影《みかげ》に引き取られ、彼女の跡を継ぐ形で人々と会うようになってから、わずかながら自分の存在意義を見出《みいだ》せた気がする。

(でも……)

ここでの生活には、自由がない。

絢音は屋敷の外に出るのを禁じられ、籠の鳥のような暮らしを強いられていた。祖母は絢音が天堂家に引き取られた一年後に亡くなり、伯父夫婦が親代わりとなってからは「外は危ないから」「お前の力を狙う人間が拉致《らち》しようと企んでいるかもしれない」と言われ、ほぼ軟禁状態だ。

顧客と会う際には従兄《いとこ》の祐成が寄り添い、一人になる時間は自室にいるときだけに限られている。祖母が亡くなった小学校五年生のときから学校には数えるほどしか通っておらず、義務教育が終了してからは高校にも行っていない。

祐成が家庭教師をしてくれたおかげで高校レベルの学力は身につけられたものの、絢音にはまったく社会経験がなかった。伯父《おじ》夫婦と祐成は優しく、絢音は高価な着物や衣服を惜しげもなく買い与えられ、月に二回ほど外出の機会を作ってもらえている。

明日は待望の外出日で、絢音は目を伏せてじっと思いを馳《は》せた。すると祐成が立ち上がり、こちらに手を差し伸べて言う。

「このあとの予約は、三十分後だ。今日は特に予定が詰まっているし、君は疲れやすいんだから、それまで少し部屋で休んだほうがいい」

「そうね。……ありがとう」

翌日は空が青く澄み渡り、秋晴れの様相を呈していた。月に二回の外出日には顧客の面会予約は入っておらず、終日オフだ。

普段は映画を観《み》たり買い物をしたり、カフェに入ったりという過ごし方をしていて、必ず祐成が同行していた。しかし今日は出掛ける直前に彼が部屋を訪れ、申し訳なさそうな顔で言った。

「急に人と会うことになって、俺は絢音と一緒に行けなくなってしまったんだ。だから悪いけど、今日は出掛けるのを諦めたらどうかな」

「嫌。せっかく外に出られる日なのに、どうしてそんなこと言うの？　だったらわたし一人で行くから」

　絢音はいつも祐成や伯父に素直に従っており、逆らうことはない。

だが今回はどうしても納得がいかず、頑《かたく》なな表情で抗議すると、彼が「でも君を一人では歩かせられない」と説得しようとしてくる。それでも絢音が折れずにいたところ、祐成がため息をついて言った。

「わかった。じゃあ家政婦の梅川《うめかわ》さんに頼んで、同行してもらおう。くれぐれも一人にならないよう、スマホを肌身離さず持ち歩くんだ。どうかな」

「ええ、わかったわ」

　外出のときだけ渡されるスマートフォンをバッグにしまい込み、絢音は家政婦の梅川を伴って車で銀座に向かう。高級車の後部座席で、絢音は彼女に謝った。

「梅川さん、今日はわたしにつきあわせてしまってごめんなさい。お屋敷で通常業務をしていたほうが、本当は気楽でしょう？　それなのに」

「とんでもございません。お嬢さまのお供ができて、光栄ですわ。今回の外出に当たっては祐成さまから特別手当もいただいておりますので、どうかお気になさらないでください」

四十代半ばの梅川はそう言って笑い、絢音も微笑《ほほえ》み返しながら考える。

――ここまでは、予定どおりだ。実は祐成が今回の外出に同行できないことは、未来を視て知っていた。問題はここからで、慎重に行動して上手《うま》く立ち回らなくてはならない。

それから絢音は、何食わぬ顔で外出を楽しんだ。映画館で恋愛映画を鑑賞し、百貨店でコスメや雑貨などを購入したあと、二階にあるカフェで休憩する。

最初は気を張っていた様子の梅川は、その頃になるとだいぶリラックスしていた。

優雅でロマンチックな雰囲気の店内を眺め、やがて運ばれてきたアフタヌーンティーセットを前にした彼女は、感心した顔で言う。

「わたくし、こうしたところは雑誌やテレビでしか見たことがございませんでした。ご相伴に与《あずか》ってもよろしいのでしょうか」

美しく盛りつけられたケーキやスコーン、サンドイッチなどを見つめつつ、絢音は微笑んで答える。

「ええ、もちろん。一人で食べても味気ないから、遠慮なく召し上がってね。その前に、お化粧室に行ってきてもいいかしら」

「では、ご一緒に……」

「二人一緒に席を立っては、お店の人が変に思うわ。すぐに戻るから」

すると梅川がしどろもどろに「でも」と何かを言いかける。

おそらく彼女は、祐成から「絢音の傍《そば》から絶対に離れないように」ときつく言い含められているのだろう。それを重々承知しつつ、絢音は安心させるように言う。

「この席からは、お化粧室の入り口がよく見えるでしょう？　ずっと目で追っていれば、わたしから離れたことにはならないわ。だから安心して」

「そ、そうですね」

梅川が渋々ながら了承し、絢音はバッグを手に席を立つ。

化粧室に向かって歩きつつ、「そろそろかな」と考えてチラリと振り向いた。すると彼女は電話がきたらしく、バッグから取り出したスマートフォンを耳に当てて何か話し込んでいて、絢音から一瞬目をそらした。

（──今だ）

絢音は素早く踵《きびす》を返し、店員に会釈をして店を出た。

この百貨店で梅川とアフタヌーンティーをすること、途中で彼女に電話が入るのは予見しており、自分から目を離す瞬間を今か今かと待っていた。

バッグを手にした絢音は、エスカレーターで一階に降り、百貨店の外に出て人が多く行き交う雑踏を走り出す。自分はもう、天堂家の屋敷には戻らない。伯父夫婦や祐成は血眼になって探すだろうが、その前にある人物に接触し、自立する手助けをしてもらうつもりでいた。

おそらく梅川は絢音が化粧室に行かずに走り出す様子を目撃し、すぐに追いかけようと席を立っただろうが、ティーサロンの支払いに手間取っているはずだ。その隙に、できるだけ百貨店から離れる。そして銀行でお金を下ろし、タクシーで目的地まで移動する——そんな計画を立てていた。

息せき切って走る絢音は、角を曲がる。そしてしばらく人混みを縫うように走ったものの、ふいに誰かに正面からぶつかってしまった。

「あ……っ」

勢い余った絢音は、よろめいてその場に倒れ込む。

倒れた拍子に盛大に膝を打ち、痛みに顔を歪《ゆが》めた。それと同時にバッグが地面に落ち、中身が散らばって、スマートフォンが車道に飛んでいくのが見える。

折しも往来からやって来た車がそれを轢《ひ》いてしまい、バキッという音と共に液晶が割れて破片が飛び散った。それを見た絢音は、あまりのことに言葉を失くした。

（どうしよう、スマホが……）

地面に座り込んだまま車道に転がるスマートフォンを呆然《ぼうぜん》と見つめていると、目の前に手を差し伸べてきた男性が言う。

「失礼。大丈夫ですか？」

顔を上げると、そこには三十歳前後のスーツ姿の男性がいた。

彼は眼光鋭い切れ長な目元が印象的で、高い鼻梁や薄い唇が絶妙なバランスで並び、シャープな輪郭が端整な容貌を引き立てている。漆黒の髪がさらりと目元に掛かり、仕立てのいいスーツがしなやかな体型にフィットしていて、腕時計や磨き上げられた靴から一般のサラリーマンではないクラス感を醸し出していた。

絢音は慌てて彼に謝罪した。

「申し訳ありません。わたしが前を見ていなかったものですから」

立ち上がろうとした瞬間、膝に痛みが走り、見ると擦り剥《む》いて血が出ている。

ワンピースも裾の部分が破れてしまっていて、公の場で転んでしまった自分が恥ずかしく、泣きたい気持ちになった。痛みをこらえつつ立とうとする絢音の手を、男性がつかんで引っ張ってくれる。

「前を見ていなかったのは、こちらも同じです。怪我をされていますし、病院に行ったほうがいいのでは」

「か、かすり傷ですから、大丈夫です。それよりスマホが……」

するとその彼が車道の脇に歩み寄り、落ちていたスマートフォンを拾って戻ってくる。

見ると本体は真ん中部分がへこみ、液晶が大きくひび割れていた。どう見ても使える状況ではなく、ショックを受ける絢音に男性が提案してくる。

「膝の傷の手当てをしたあと、スマートフォンと衣服を弁償します。竹内《たけうち》、悪いがドラッグストアに行って、消毒液と絆創膏《ばんそうこう》、包帯を買ってきてもらえるか」

「わかりました」

側近とおぼしき三十代後半の男性が去っていき、絢音は恐縮して答える。

「あの、そこまでしていただく必要はありません。わたしのせいですので、弁償までは……」

「ですが汚れた衣服で歩くのは、恥ずかしいでしょう。お気になさらないでください」

そこで彼はふと気づいたように懐に手を入れ、名刺入れから一枚差し出してくる。

「僕は日坂《ひさか》と申します。決して怪しい者ではありません」

「日坂さん……」

差し出された名刺には〝株式会社日坂マテリアル　取締役常務　経営戦略部　日坂哉〟と書かれていて、絢音は内心首を傾《かし》げた。

（日坂ってついているから、ご家族が経営している会社なのかな。この人の年齢で常務って、もしかしてすごい……？）

絢音は普段からテレビを見ないばかりか、ネット環境もなく、スマートフォンは外出時にしか与えられていないため、一般常識が欠如している自覚がある。

それよりも気になっているのは、自分がこの出来事を予見できていなかったことだった。家政婦が自分から目を離す瞬間まで視えていたのに、日坂とぶつかって言葉を交わすこの一連の流れは、まったくのイレギュラーだ。

日坂の側近らしき男性がすぐに戻ってきて、近くの百貨店のベンチで膝の怪我の手当てをされた。そのあとはあれよあれよという間にブランドショップに連れていかれ、ワンピースを数枚試着し、その中の一枚を日坂がカードを差し出して支払う。

ワンピースは数十万円する高価なもので、絢音は困惑して言った。

「日坂さん、困ります。こんなに高価なものを買っていただくなんて」

「僕がぶつかって汚してしまったので、当然ですよ。それに元々あなたがお召しになっていたものも、相当高価なもののはずだ。値段的に釣り合うといいのですが」

確かに絢音が着ていたのはブランド物のワンピースだが、身の回りのものはすべて祐成が用意しているため、詳しい値段は知らない。店の外に出ると、彼が周囲を見回しながら言った。

「さて、次は携帯電話ですね。お使いのキャリアはどこですか？」

「キャリア？」

「身分証明書などは持っていますか？　契約時に必要になるかと思いますが」

どうやらスマートフォンを購入するときには身分証明書が必要なようだが、絢音は何も持っていない。具体的にどんなものが必要なのかもわからず、しどろもどろに答えた。

「あの……身分証明書は持っておりませんので、スマートフォンの弁償は結構です」

「しかしスマホは日常生活で必須のものですから、ないと困るでしょう。でしたら実費でお支払いするという形でよろしいですか」

「いえ、本当にこれ以上は結構です。でも家族に一度連絡を取らなくてはならないので、大変恐縮なのですがどこか電話をかけられるところに連れていっていただけませんか」

絢音の申し出に日坂が眉を上げ、自身のスーツのポケットからスマートフォンを取り出して言う。

「でしたら、僕のをお使いください。しかし仕事で使っているものですので、申し訳ないのですが非通知設定でかけていただいてもよろしいですか」

「はい」

ロックを解除し、あらかじめ〝一八四〟を入力したものを手渡され、礼を述べた絢音は暗記していた祐成の番号に電話をかける。

すると数コールで「はい」という声が出て、口を開いた。

「祐成？　絢音です」

『絢音、今どこにいるんだ。君、梅川さんを置いてティーサロンから逃げ出したんだろう。スマートフォンはどうした？　いきなりGPSが途絶えたけど、何かあったのか。それにこの番号は――』

矢継ぎ早に質問する祐成の声には、焦りがにじんでいる。

それを聞きながら、絢音は自分に手渡されたスマートフォンにGPSが仕掛けられていたことの意味を考えた。

（今まで外出時にだけスマホを渡されていたのは、こうした不測の事態に備えてのこと？　万が一わたしが逃げ出しても、すぐに捕まるように……）

絢音はスマートフォンを握る手に力を込め、電話の向こうの彼に告げる。

「祐成、わたしが逃げ出したのは自分の意思なの。もうそっちのお屋敷には戻らない」

『えっ』

「籠の鳥は、もうたくさん。お祖母《ばあ》ちゃんが亡くなってから十年間屋敷に閉じ込められて、自由がなくて……でも去年、弁護士の岡田《おかだ》先生に言われて気づいたの。今までわたしがされてきた扱いは、深刻な人権侵害なんだって」

祐成が電話の向こうで絶句し、すぐになだめるような口調で言う。

『絢音、落ち着いてくれ。いきなりそんなことを言い出すなんて、一体どうしたんだ？　俺も両親も、君のことをとても大切に思ってるよ。だからこそ危険がないように身の回りに気をつけていたし、別に閉じ込めていたわけじゃなく、今日のように外出も許可して――』

「『月にたった二度の外出は、軟禁と言ってもおかしくない』って、岡田先生が言ってた。しかもわたしに渡したスマホに、GPSを仕込んでいたんでしょう？　こうしてあなたに電話をかけたのは、誘拐とか失踪とか騒がれるのが嫌だから。わたしはこれからしかるべき措置を取って、人権救済の申し立てをするつもり。だからどうか探さないで」

『絢音、待っ……』

通話を一方的に切った絢音は、小さく息をつく。

視線を上げると日坂がこちらを注視していて、スマートフォンを丁重に返却した。

「ありがとうございました。助かりました」

彼は「いえ」と言いながらポケットにスマートフォンをしまい、遠慮がちに口を開く。

「すみません、電話の内容が聞こえてしまったのですが、何かお困りでいらっしゃいますか」

「えっ？」

「人権侵害とか、物騒な言葉が聞こえたので」

絢音は視線をさまよわせ、「あの……」と言いよどむ。そして顔を上げ、日坂に切り出した。

「確かにわたしは、親族のことで困っています。ですが一応解決の道筋はできているので、大丈夫です」

「それは弁護士にお願いしているとか、そういう意味で？」

絢音は頷き、言葉を続けた。

「亡き祖母がわたしのためにつけてくれた弁護士で、亡くなった両親の遺産を管理してくれていた方なんです。これからその先生に会いに行くところなのですけど」

そこで絢音はふと思いつき、彼に向かって言った。

「あの、重ね重ね恐縮なのですけど、銀行でお金を下ろすやり方を教えていただけませんか？」

「えっ」

「スマホで調べようとしていたのですけど、壊れてしまいましたので。通帳と印鑑、キャッシュカードは手元にあるんです。弁護士の先生が『これだけはたとえ相手が親族であっても渡さず、あなたのお手元で管理してください』『お金を下ろすときに必要ですから、外出時に必ず持ち歩くように』と言っておりましたから」

するとH坂が困惑した様子でこちらを見下ろし、口を開く。

「僕はあなたに、銀行でのお金の下ろし方を教えることができます。ですがここまでの話を総合するに、相当深い事情がおありのようだ」

「…………」

「よろしければ、お話を聞かせていただけませんか？　僕は法曹関係の知り合いもおりますので、お力になれることもあると思います」

突然そんなふうに申し出られ、絢音はじっと考える。

確かに彼から手渡された名刺から透視して読み取れる情報は、嘘ではない。自身の身分を明らかにし、傷の手当てをしたり高価なワンピースを買ってくれたのだから、きっと誠実な人物なのだろう。ただ謝って通り過ぎることもできたはずなのに、そうせずに謝罪の意を表明してくれたのから察するに、悪い人ではないのだと思う。

（この人に出会うことは、わたしの予知では視えなかった。でもわざわざこうして申し出てくれてるんだから、事情を話してみるのもいいかもしれない）

そう結論づけた絢音は、顔を上げる。そして日坂を見つめて頷いた。

「わかりました。——では、場所を移してお話ししましょう」

日坂が側近の竹内を先に帰し、手近なホテルのティールームに入る。目の前に運ばれてきた紅茶を一口飲んだ絢音は、向かいに座る彼を見つめて口を開いた。

「申し遅れましたが、わたしは渡瀬絢音と申します。名刺は持っていないのですけど、自宅は目白にあります」

「渡瀬さん、僕から見たあなたは相当な資産家のお嬢さんという雰囲気ですが」

「はい。住んでいる屋敷は広大な日本家屋ですし、金銭的には裕福といえると思います。ですがわたしは十歳で母の生家である天堂家に引き取られてから、まったく自由がありませんでした」

絢音は一旦言葉を切り、日坂の目を見て問いかける。

「理由は、わたし自身が持つ特異な能力のせいです。日坂さんは〝千里眼〟というものをご存じですか」

すると彼が、困惑した様子で答えた。

「詳しくはわかりかねますが、それは物体を透視するとか、遠くのものを視るとか、そういうものですか？　物語の中の話では」

「物体を透視する他、過去や未来の出来事を〝視る〟能力も含まれます。天堂家はそうした情報を高額な対価と引き換えに顧客に与え、栄えてきた一族なんです」

厳密に言えば、それは祖母の代からだ。祖母の御影は生まれつき不思議な力を持ち、終戦後に世の中が少しずつ持ち直していた時期、〝失せ物探し〟をする巫女として知られるようになったという。

百発百中のその託宣は人々の間を口伝えで広がり、やがて政財界の人間が大口の顧客となったらしい。その後彼女は幼馴染《おさななじみ》の男性と結婚し、二十二歳のときに息子の賢一《けんいち》を、三十歳のときに娘の鈴子《すずこ》を授かったが、二人とも千里眼の能力を受け継いではいなかった。

賢一は父の亡きあと、母親の仕事を積極的に手伝って付き人のようになっていたが、鈴子のほうはそれを厭《いと》っていたようだ。彼女は二十歳のときに大学で知り合った恋人と駆け落ちし、彼と結婚して娘の絢音を出産した。

「祖母は母の気持ちを尊重し、千里眼で行き先がわかっていてもあえて連れ戻したりはしなかったようです。でもわたしが十歳で両親を交通事故で亡くしたとき、彼女のほうから迎えに来ました」

御影は絢音を見た瞬間、「ほう、あんたは私と同じだね」と言った。

確かに絢音には生まれつき千里眼の力が備わっており、母の鈴子は折に触れて「絢音はお祖母ちゃんに似ちゃったのね」と寂しそうにつぶやいていた。

かくして天堂家に引き取られた絢音だったが、御影は意外にも「自分の跡を継ぐように」とは言わなかった。両親の莫大な死亡保険金を受け取ることになった絢音に弁護士の岡田を未成年後見人としてつけ、成人するまで第三者の手に遺産が渡らないようにした。

　そして「あんたには私以上の力があるが、その気がないなら跡を継がなくていい」「鈴子が望んでいたように、普通の人生を歩みなさい」と言い残し、絢音を引き取った一年後に癌《がん》で亡くなった。

「祖母が亡くなった当時のわたしは十一歳で、普通に小学校に通っていました。母から『あなたの能力は、他の人に言わないほうがいい』と言われていたため、千里眼を使う気は毛頭なかったのですけど、祖母の死後に伯父夫婦が豹変《ひょうへん》したんです。『お前はお祖母ちゃんと同じ力を持っている』『それを世の中のために役立てる使命があるんだよ』って」

　彼らは絢音を着飾らせ、顧客の要望に応じて透視をさせた。

　最初は「いくら孫でも、御影ほどの力はないのでは」と懐疑的だった顧客たちは、より精度の高い託宣に驚嘆し、その評判は富裕層を中心に広まっていった。

　それに伴い、伯父夫婦は絢音を徹底的に囲い込むようになった。「学校は危ない」「お前を狙って拉致しようとする人間がいるかもしれない」と言って自宅で軟禁状態に置く。学校には「本人が行きたがらない」と連絡し、中学校は数えるほどしか登校していない。高校受験はさせてもらえず、そのまま〝千里眼の巫女〟の仕事に専念させられて、もう六年が経《た》つ。

それを聞いた日坂が、眉をひそめてつぶやいた。

「ひどいですね。学校に行かせず金儲けに専念させるなど、本当に人権侵害だ」

彼が自分の話をすんなり信じてくれたことに、絢音は驚きをおぼえる。

幼い頃、自分が視た内容を口にすると周囲の人間は気味悪そうな反応をすることが多々あった。だが日坂はまったく疑わず、むしろこちらの境遇に同情してくれている。

（こんな人もいるんだ。千里眼に対して興味本位な顔をするわけでもなく、出会って間もないわたしを心配してくれるなんて）

そんなふうに考えながら、絢音は話を続けた。

「伯父夫婦と従兄は優しくて、わたしを下にも置かない扱いをしてくれました。それでも、学校に行かせてもらえず外に出るのが月に二回という状況に、ひどく閉塞感をおぼえていたんです。転機が訪れたのは、わたしが二十歳になったときでした」

絢音が二十歳になった当日、弁護士の岡田が訪ねてきた。

未成年後見人を務めていた彼は、絢音の両親が遺した財産管理をしており、顔を合わせたのは実に十年ぶりだった。岡田は「弁護士である私と当事者である絢音さん、二人きりで話をさせてください」と言って伯父夫婦と祐成を遠ざけ、絢音を見つめてしみじみと言った。

『大きくなられましたね。未成年後見人の仕事のひとつに〝身上監護〟があり、本来は未成年者の生活と教育を監督する役割があるのですが、この十年間、天堂家に絢音さんとの面談を申し入れてもなかなかそれが叶《かな》いませんでした。私の不徳の致すところです、大変申し訳ありません』

岡田が何度も自分への面談を申し入れていたというのは、絢音にとって初耳だった。おそらく伯父夫婦は姪《めい》を学校に通わせていないことを指摘されるのを恐れ、のらりくらりと躱《かわ》していたのだろう。岡田が言葉を続けた。

『私は天堂御影さまと長年懇意にしており、「自分の死後、孫娘のことをくれぐれもよろしく頼む」と要請されておりました。天堂家からは月に一度あなたが健やかに暮らしているという定期報告がきておりましたし、あまりにしつこく面談を申し込み、未成年後見人を解任されることだけはあってはならないと考え、身上監護が不十分な状態を見過ごしてきたのです』

彼は「絢音さん、あなたは御影さまの死後、あの方の仕事を引き継がれていた。それで間違いありませんか」と問いかけ、絢音がこれまで学校に通っていないこと、ほとんど外に出られない生活をしてきたことを聞き、痛ましそうに顔を歪めた。

『あなたはこの屋敷に閉じ込められて、自由がない。これは深刻な人権侵害です。あなたの行動を縛る権利は天堂家にはなく、刑法二二〇条に規定される逮捕・監禁罪に相当する可能性があります』

岡田にそう言われたとき、絢音はひどく戸惑った。

これまでの暮らしをある意味〝当たり前〟と捉えており、その価値観を覆す言葉を告げられても、にわかには理解できなかったからだ。

そんな絢音に対し、彼は「あなたはもう成人したのだから、自らの意思でどこにでも行けます」「もし親族があなたが自由に生きることの邪魔をするなら、私に連絡をください。必ず力になりますから」と告げ、くれぐれも両親の遺産を他の人間に渡さないよう強く言い含めて帰っていった。

「それから岡田先生に言われたことを、深く考えました。確かにわたしは天堂家の屋敷に閉じ込められ、自由がない。しかし伯父一家は優しく、決して虐待されているわけではありません。長く社会から遠ざかっていたために外の世界に対する怖さもあり、日常から脱却することへの躊躇《ためら》いがあったのです」

しかし岡田の言葉は、抜けない棘《とげ》のように絢音の胸に刺さり続けた。そうして彼との面談から一年が経過した先月の半ば、絢音は偶然伯父一家の会話を聞いてしまった。

「最初は伯母が、『絢音が両親の遺産を相続してもう一年が経ったんだから、そろそろこちらに引き渡してもらってはどうかしら』と伯父に言っていました。すると伯父は『相続した直後は弁護士に怪しまれるのを恐れて手が出せなかったが、いい頃合いかもしれないな』と答え、従兄の祐成に向かって『それより、そろそろお前と絢音の結婚話を進めようか』と言っていたのです」

「それって……」

「彼らの狙いはわたしが亡くなった両親から相続した数千万円の遺産、そして〝金が成る木〟として自分たちの手元に確実に囲い込むための従兄との結婚だったんです。それを聞いた瞬間、わたしは大きなショックを受けて、その場を離れました」

伯父一家が優しかったのは、こちらを最大限に利用するためだった。

学校に行かせなかったのも軟禁していたのも、自分たちの元から逃げられないようにするためだったのだ——そう悟った絢音は、天堂家を出ようと考えた。

「結果的に、岡田先生の懸念は正しかったんです。何とか彼に電話をかけようとしましたが、わたしの傍には常に従兄がいてそれはままならず、スマートフォンも外出時にしか与えられていません。ですからわたしは、月に二度ある外出日を狙《ねら》いました」

さりげなく祐成の未来を視たところ、彼は次の外出日に用事ができて同行できないことがわかった。

代わりに行動を共にするのは屋敷の家政婦で、途中で彼女に電話が入り、一瞬の隙ができる。それを狙い、走って逃げてきたところで日坂にぶつかったのだと絢音は説明した。

「従兄はわたしのスマホにGPSを仕込んでいたようなので、車に轢かれて壊れたことは結果的によかったのかもしれません。わたしがぶつかったばかりに日坂さんにはご迷惑をおかけしてしまい、本当に申し訳ありません」

絢音が深く頭を下げ、顔を上げると、複雑な表情の彼と目が合う。日坂が躊躇いがちに口を開いた。

「思ったより複雑な事情で、驚いています。何よりその〝千里眼〟というものがにわかには信じがたいのですが、本当に物体を透視したり未来が視えるものなのですか？」

彼の戸惑いは理解でき、絢音は頷いて答えた。

「はい。そうお考えになるのはごもっともですので、実際にお見せします。お手に触れてもよろしいですか」

「ええ、どうぞ」

日坂の差し出した手をそっと包み込んだ絢音は、言葉を続けた。

「まずは日坂さんのご自宅の、住所を言い当てます。東京《とうきょう》都《と》渋谷《しぶや》区《く》広尾《ひろお》……」

住所の枝番まで告げると、日坂の顔色が変わる。絢音は彼の手を握ったまま、スーツの胸ポケットを注視しながら言った。

「スーツのポケットの中に、イギリスのブランド〝P〟の高級ボールペンがありますね。それから取引先とおぼしき名刺が、二枚あります。今日会った方のもので、書かれているお名前は……」

「わかりました。もう結構です」

日坂が握られていないほうの手をかざしてこちらを制し、絢音は口をつぐむ。彼が信じられないという表情でつぶやいた。

「僕の住所が、枝番までわかるとは驚きました。あなたとは会ったばかりで、そんな話は一切していないのに」

「…………」

「それほどの力をお持ちなら、親族が金儲けに利用するのも理解できます。未来が視えるとおっしゃいましたが、どのくらい先までわかるものなのですか？」

「三年ほど先までです。過去についても同様で、相手に直接手で触れることでわかります」

日坂が沈黙し、絢音は「気持ち悪いと思われたのかもしれない」と考えつつ、彼から そっと手を放す。

小学校低学年のときまでは考えなしに視えたことを口にし、周囲から奇異の目で見られた。それを知った母に「他の人はそういう感覚がわからないから、なるべく黙っていたほうがいい」と言われて徐々に話さなくなったが、普通の人にはできないことができる自分に強い拒否反応を抱く気持ちは何となく想像できる。

彼がコーヒーを一口飲み、ふと気づいたように言った。

「その弁護士の先生に、連絡を取らなくてはならないのでは？　よろしければ、僕のスマートフォンをお使いください」

「あ、ありがとうございます」

絢音は日坂からスマートフォンを受け取り、バッグから岡田の名刺を取り出して事務所に電話をかける。

すると三コール目で事務員らしき女性が出て、絢音は口を開いた。

「恐れ入ります、渡瀬と申しますが、岡田先生はいらっしゃいますでしょうか。……はい、長年未成年後見人をお願いしていて――えっ？」

告げられた内容は思いもよらないもので、絢音はスマートフォンを強く握って彼女に問いかける。

「あの、でしたら入院先を……あ、そうですか……。いえ、現時点ではこちらも立て込んでおりますので、また改めてご連絡いたします。……はい、失礼いたします」

それから二、三の言葉を交わして通話を切ると、日坂が問いかけてくる。

「どうされました？」

「実は……岡田先生は持病の手術のため、先週から入院しているそうです。ご高齢で回復が遅く、まだ退院日が決まらないようだと」

「えっ？」

「個人情報の観点から、入院先は教えていただけないそうです。でもわたしから電話があったことを伝えて、後日ご本人から折り返すのはどうかと提案されました」

だが絢音は天堂家の屋敷を出ていて、スマートフォンを持っていない状況のため、「またこちらから連絡します」と言って電話を切った。

そう説明すると、日坂がじっと考え込みながら言う。

「なるほど、それは困りましたね。弁護士本人と面会できないばかりか、あなたには連絡手段がないことになる」

「はい。お金は銀行にあるはずなので、ホテルなどに泊まれば宿泊先は問題ないのですけど、身分証明書がなければスマートフォンを契約できませんから」

岡田が退院して彼と連絡がつくまで、ホテル暮らしをするしかないだろうか。絢音がそう考えていると、彼がふいに問いかけてくる。

「すみません。先ほどの話に戻りますが、あなたの千里眼の能力は、例えば故人の遺物から情報を読み取れたりするものでしょうか」

突然の質問に、絢音は面食らいつつ答える。

「どうでしょう。わたしは相手の身体に触れることによって、その人の情報を視ることができます。これまでは生きている人間相手にしか能力を使ったことがありませんので、やってみなければわからない状態です」

「……そうですか」

日坂が考え込む表情で目を伏せ、沈黙が満ちる。

やがて顔を上げた彼は、絢音に向かって思わぬことを切り出した。

「あなたの事情はわかりました。渡瀬さん、突然ですが僕と取引しませんか」

「取引、ですか？」

「はい。あなたはこれまで親族に能力を搾取《さくしゅ》され続け、そこから逃れるために家を出てきたとのことですが、現状では頼みの綱だった弁護士に連絡がつかずお困りになっている。それに間違いありませんか」

「はい」

「さらに十一歳から軟禁状態に置かれていたため、銀行で金を下ろす方法やその他の社会常識にも不安があると見受けられます。もしかすると、ホテルでチェックインするやり方もご存じないのでは？」

絢音は恥じ入って目を伏せ、小さく「……はい」と頷く。

確かに勢いで屋敷を出てきてしまったが、自分は年齢と比較してひどく世間知らずだという自覚が絢音にはある。

(でも、仕方ない。自由になりたいなら、自分で何とかするしかないんだから)

そんな絢音を見つめ、日坂が言葉を続けた。

「岡田弁護士と連絡がつくまで、僕はあらゆる面で渡瀬さんをサポートすると約束します。ですからこちらの事情に、協力していただきたい」

「協力？」

「ええ。――妹の優佳《ゆうか》を死に追いやった人間を、突き止めたいんです。あなたのその〝千里眼〟で、どうかお願いします」

第二章

木曜午後のティールームはそこそこの客入りで、店内にはコーヒーの香りが漂っている。一流ホテルの中のせいか店内の客は上品な雰囲気で、周囲は控えめなざわめきに満ちていた。

そんな中、日坂哉は向かいに座る女性をじっと見つめる。

（まさか〝千里眼〟という能力が実在するなんて思わなかった。でも俺の住所やポケットの中身まで言い当てられたんだから、信じざるを得ない）

彼女――渡瀬絢音とは、一時間ほど前に会ったばかりだ。

街中を歩いていたところに突然ぶつかられ、転倒した絢音が怪我をしたこと、そして車道に飛んでいったスマートフォンが壊れてしまったことから、責任を感じて弁償を申し出た。

話してみると、彼女はどこか浮世離れした印象だった。身に着けているものはブランド物の上品なワンピースで、いかにもお嬢さま然とした雰囲気を醸し出している。話し方は丁寧で、全体に清潔感があった。

何より目を引くのは、その美貌だ。艶やかで真っすぐな黒髪と透けるように白い肌、長い睫毛に縁取られた大きな目が印象的で、すっと通った鼻梁や赤い唇が人形めいた顔立ちを際立たせている。

その容貌はこれまで会ったどんな女性よりも整っており、匂い立つような清楚《せいそ》な色香があった。

(こんなきれいな子……見たことがない)

汚してしまった衣服の代償としてブランドショップでワンピースを購入したところ、絢音はひどく恐縮していた。だが家に電話をするためにこちらのスマートフォンを貸し、偶然会話の内容が耳に入ってしまったが、その内容が不穏で驚いた。

千里眼――という言葉は聞いたことがあるが、インチキと紙一重のどこか眉唾《まゆつば》なものだと思っていた。しかし彼女の能力は本物で、金儲けのために親族から軟禁状態に置かれ、十年ものあいだ搾取され続けてきたと聞いて、日坂は思わず眉をひそめた。

(十一歳の頃から学校に行かせず、金儲けのために彼女を利用してきたのが本当なら、それは犯罪だ。状況に耐えかねた渡瀬さんが家を抜け出してきた気持ちは、充分理解できる)

絢音は弁護士と会って人権救済を申し立てるつもりだったようだが、相手は現在入院中で面会するのは難しいらしい。

それを聞いた日坂はふと思いつき、彼女に「岡田弁護士と連絡がつくまで、こちらはあらゆる面であなたをサポートすると約束する」「だから妹の優佳を死に追いやった人間を見つけられるよう、協力してほしい」と提案した。

日坂は目の前に座る絢音を見つめ、その真意を説明した。

「僕には六歳年下の、優佳という妹がいました。女子大を卒業したあと、茶道の師範が営む教室で助手を務めていて、生活態度に乱れたところはありませんでした」

優佳は兄の欲目を差し引いても品行方正で気立てがよく、容姿に優れた非の打ちどころのない女性だった。

幼い頃からさまざまな習い事をこなし、マナーが完璧で、性格は朗らかで優しい。両親や祖父母に愛されたがゆえの天真爛漫《てんしんらんまん》さを持ち、縁談話がいくつも舞い込んでいたが、彼女は「私にはまだ早いわ」と笑って取り合おうとしなかった。

そんな優佳が、半年前に前触れもなく自死した。そのときのことを思い出しつつ、日坂は言葉を続ける。

「遺体を最初に見つけたのは、古参の家政婦でした。仕事から帰宅したばかりの僕が呼ばれ、すぐに救急車で病院に搬送したものの間に合わず、妹は帰らぬ人となりました」

優佳の死は、日坂や両親にとって寝耳に水だった。

彼女には悩んでいる様子が微塵《みじん》もなく、死因にまったく心当たりがなかったからだ。

警察によって検死解剖が行われたが、そこで告げられたのは思いもよらない事実だった。

「優佳は……妊娠していました。おそらくはそれを気に病んで自死したのでしょうが、遺書はなく、相手に関する手掛かりも皆無でした」

絢音が痛ましげな表情で、押し黙る。日坂は一旦言葉を切り、再び口を開いた。

「僕は妹と交際していたのが誰だったのかを、突き止めたいんです。わざわざ死を選んだのなら、優佳は相手にひどく傷つけられ、幸せな結婚や出産を諦めたということになります。だがその人物は彼女を死ぬまで追い詰めたにもかかわらず、何事もなかったようにのうのうと生きている。それは到底許せることではありません」

すると彼女が、遠慮がちに問いかけてきた。

「手掛かりが皆無とおっしゃいましたが、妹さんのご友人は何かご存じだったのではありませんか？」

「僕もそう思って何人にも聞き込みをしたのですが、優佳に交際相手がいたことすら知らず、何もわからず仕舞いでした」

それを聞いた絢音が、躊躇いの表情で言う。

「先ほども言ったように、わたしは生きている人の過去や未来しか視たことがなく、亡くなった方の行動をどの程度探れるかは実際にやってみないとわかりません。日坂さんのご期待には沿えないかもしれないのですが」

「少しでも可能性があるなら、試したいというのが本音です。渡瀬さんは岡田弁護士と面会するまで一人でどう行動するかに不安があり、僕はそれをサポートできる。つまりギブアンドテイクの関係が成り立つと思うのですが、いかがですか」

彼女が戸惑ったように表情を揺らし、日坂は「あと一押しだ」と言わんばかりに畳みかける。

「あなたは自由になるために天堂家の屋敷を出てきたのに、その能力を僕のために使ってほしいと言うのには、正直躊躇いがあります。本当に申し訳なく思いますが、渡瀬さん以外に頼れる人がいないのです」

「…………」

「お渡しした名刺にあるとおり、僕は日坂マテリアルという総合商社で働いていて、CEOの日坂圭祐《けいすけ》は父に当たります。当面の落ち着き先として、広尾にある日坂家の屋敷にいらっしゃいませんか？　僕一人ではなく両親が一緒に暮らしておりますし、特に母は渡瀬さんのいい話し相手になると思います」

「でも……ご迷惑ではないのでしょうか。見ず知らずのわたしが突然お屋敷を訪れて、ご家族もいらっしゃる中で滞在させていただくなんて」

「あなたの事情を話せば、二人とも理解してくれると思います。岡田弁護士が業務の継続が難しいようであれば他の弁護士を紹介することもできますし、世間慣れしていない渡瀬さんが一人で行動するよりは、よほど安全だと思います」

するとも絢音が考え込み、やがて顔を上げる。そして日坂を真っすぐに見つめて答えた。

「では……お言葉に甘えて、日坂さんのお屋敷でお世話になりたいと思います。その代わりわたしは、妹さんの死因を特定できるよう全力を尽くします」

日坂はホッとし、微笑んで言った。

「よかった。渡瀬さんはどうにも浮世離れしているので、一人にするのが心配だったんです。でもあなたが拒否するなら、無理やりには連れていけませんから」

それを聞いた彼女が眉を上げ、面映ゆそうにつぶやく。

「……そうですね。わたし、どう行動するかを自分で決めていいんですよね」

「あなたを縛る権利は誰にもないし、何をするのも自由ですよ。では、早速行きましょうか」

「えっ？」

「まずは銀行に行って、当面必要な分のお金を下ろしましょう。そのあとはうちの屋敷に移動します」


ティールームを出た日坂は絢音を伴い、銀行のＡＴＭに向かう。

暗証番号はわかるかと彼女に尋ねると、彼女は「以前、岡田先生に口頭で伝えられ、それを記憶しています」と答えた。それを聞いた日坂は、じっと考える。

（岡田という弁護士は、渡瀬さんの親族が遺産を狙うことが予測できていたんだな。だからこそ口座の暗証番号をメモで渡さず、彼女に口頭で伝えるのみにしていた）

ＡＴＭに到着し、絢音に使い方を教える。

とりあえず十万円だけ下ろすように言い、無事に現金を手にすることができた。そしてタクシーに乗り込んで自宅の住所を告げ、後部座席から側近の竹内に電話をかける。

「竹内？　日坂だ。これから急遽自宅に行くことになったから、仕事で伝達が必要な内容は随時メールで送ってくれないか？　……ああ。じゃあ」

通話を切った途端、隣に座る絢音が心配そうに言う。

「あの、もしかしてまだお仕事が残っていたのではありませんか？　わたしはどこかで時間を潰していますし、会社に戻ってくださって構いませんから」

「商談を終えて会社に戻るだけでしたし、普段からリモートで仕事ができる環境を整えていますので、大丈夫ですよ。お気遣いなく」

銀座から屋敷がある広尾までは、タクシーで二十分ほどの距離だった。

広尾は都心にありながら緑が豊かな閑静な住宅街で、高層マンションや高級レジデンスの他、富裕層の大邸宅なども数多く建ち並んでいる。そんな中にある日坂家の屋敷は、現代的な雰囲気の白亜の邸宅だった。

車寄せでタクシーを降りた日坂は、玄関で出迎えた家政婦に問いかける。

「父さんは在宅か？」

「先ほど戻られましたが、このあとすぐ会食にお出掛けされるそうです。今は衣裳部屋でお召し替えをされています」

頷いた日坂は絢音に向き直り、自分より頭ひとつ低い彼女を見下ろして告げる。

「僕は父に事情を話してくるので、渡瀬さんは応接室で待っていてください。すぐに戻ります」

「はい、わかりました」

家政婦に伴われた絢音が去っていき、日坂は二階の衣裳部屋に向かう。

すると母の千佐子《ちさこ》に手伝われながら着替えをする父の圭祐がいて、こちらを見て眉を上げた。

「どうした、哉。こんな時間に戻るなんて珍しいな」

「実は父さんに、相談があるんだ。母さんも一緒に話を聞いてほしい」

「何だ」

「これまで〝千里眼〟の噂《うわさ》を聞いたことがあるか？」

日坂の問いかけに彼は驚いた顔で目を瞠り、考え込みながら答える。

「そうだな、話には聞いたことがある。目白に失せ物探しや未来について言い当てる、百発百中の巫女がいるのだと。戦後辺りから名前を聞くようになり、政財界の人間がこぞって詣でていたという噂だ。一見《いちげん》はお断りで誰かの紹介でなければ予約が取れず、料金も高額なため、おいそれと会うことはできないそうだが」

父が千里眼について聞き及んでいると知り、日坂は「自分が今まで知らなかっただけで、実際はかなり有名な存在だったのか」と考える。圭祐が言葉を続けた。

「確か十年ほど前に亡くなって、今は二代目の巫女が跡を継いだのではなかったかな。どうしてその話を？」

「実はその〝千里眼の巫女〟を、この家に連れてきている」

「えっ」

日坂は先ほど絢音から聞いた話を、両親に説明した。

そして驚く彼らに対し、言葉を続ける。

「彼女は自力で親族の屋敷から逃げてきて、亡くなった両親の遺産を管理していた弁護士に人権救済を要請するつもりでいるようだ。しかし弁護士は現在入院中で、すぐに連絡がつかない。それで当面のあいだ、うちに来ないかと誘って連れてきたんだ」

十一歳のときから軟禁状態だった絢音は、常識が覚束《おぼつか》ない。彼女を一人にするのが心許《こころもと》なく、日坂は自宅に誘ったのだと説明した。

「渡瀬さんはひどく恐縮していたが、俺は交換条件を出した。——彼女の生活のサポートをする代わりに、千里眼の能力で優佳の死因について調べてほしいと」

「哉、それは……」

「俺は今でも、納得できていない。優佳がなぜ死を選ばなければならなかったのか、そしてお腹《なか》の子どもの父親は誰だったのか。渡瀬さんはこれまで生きている人間の未来や過去しか視たことがないと言っていたが、手掛かりがあれば優佳の死因についてわかるかもしれないと思ったんだ。だからしばらく彼女をこの家に住まわせる許可をもらいたい」

すると圭祐が、困惑したように押し黙る。横で話を聞いていた千佐子が、おっとりと口を開いた。

「哉さんのお話が本当なら、そのお嬢さんはとても気の毒な境遇ね。お祖母さまが亡くなられてからずっと社会から隔絶され、能力を搾取されていただなんて」

「それだけじゃない。彼らは渡瀬さんの両親が遺した遺産を狙い、彼女を囲い込むために従兄と結婚させようと画策していたんだ。このまま帰したら、一体どんな目に遭わされるかわからない」

それを聞いた圭祐が、顔を上げて言う。

「お前の話から察するに、社会生活に慣れていないその女性を一人にするのは確かに危険だろう。親族の元に帰したら、今度こそ監禁されて二度と外には出られなくなるかもしれない。それは犯罪だ」

「…………」

「その女性が、しばらくこの家に滞在することを許可しよう。それからうちの顧問弁護士の水守《みずもり》に連絡を取って、法律の面でもサポートしたほうがいいな。彼女の担当弁護士が入院中で動けないのなら、水守に職務を代行してもらうという手もある」

父が受け入れてくれ、日坂はホッと胸を撫で下ろす。千佐子が言った。

「だったら早速お部屋を用意しなくてはね。哉、私にそのお嬢さんを紹介してくれる？」

「今は応接間で待ってもらってる。行こう」

＊　＊　＊

天堂家の屋敷は日本邸宅で、どこを見ても和の雰囲気だったが、日坂邸はモダンな造りだ。明るく広々とした玄関からは緑の植栽が美しい現代風の坪庭が見え、スタイリッシュな家具が並ぶ応接室には現代アートが飾られている。

そこに通された絢音は、落ち着かない気持ちを押し殺した。日坂に誘われるがまま彼の自宅にお邪魔したが、想像以上に大きな邸宅で驚いた。どうやら両親と暮らしているようだが、彼らは突然やって来た見ず知らずの自分を一体どう思うだろう。

（やっぱりここでしばらくお世話になるだなんて、図々しいよね。無事にお金を下ろすことができたんだから、どこかホテルに泊まったほうがいい）

そんなふうに考え、家政婦が持ってきてくれたお茶の器を手に取ったところで、部屋のドアがノックされる。慌てて茶器を置いて顔を上げた瞬間、入ってきたのは日坂と五十代後半の女性だった。

「お待たせして申し訳ありません。両親に話をしたところ、渡瀬さんがこの屋敷に滞在することを了承してくれました」

「そ、そうですか」

「こちらは僕の母です」

ワンピースを着た彼女は上品な雰囲気で、微笑んで言う。

「哉の母の千佐子です。あなたが渡瀬さん？」

「はい、渡瀬絢音と申します。このたびは図々しくお邪魔してしまい、大変申し訳ありません」

急いで立ち上がり、深く頭を下げて挨拶すると、千佐子が目を丸くしてつぶやく。

「まあ、本当にきれいなお嬢さんねえ。色が白くて目が大きいし、髪が艶々で、まるでお人形さんみたい」

「そんな……」

「渡瀬さんのこれまでの境遇については、息子から話を聞きました。ずっと家に閉じ込められて、学校もろくに通わせてもらえなかっただなんて……つらかったわね」

彼女の言葉や眼差しには深いいたわりがにじんでいて、絢音は不覚にも涙が出そうになる。慌てて瞬《まばた》きして誤魔化しながら、小さく答えた。

「あの、日坂さんにぶつかってしまったのはわたしの不注意なのですが、傷の手当てや服を買っていただいたりと、既に充分すぎるほどのことをしていただいております。こうして図々しくお屋敷にお邪魔してしまいましたが、わたしはどこかのホテルに宿泊するつもりでおります。ですから……」

「私も主人も、今のあなたを一人にしておくのは危険だと思っています。幸いこの屋敷には部屋が余っておりますから、渡瀬さんがご親族との問題が解決するまでいてくださって構わないわ。どうか気を楽にしてくださいね」

思いのほか温かな言葉を向けられ、絢音は戸惑ってつぶやく。

「でも、ご迷惑なのでは……」

「情けは人の為ならずって言うでしょう？　あまり堅苦しく考えず、私の話し相手としてしばらくここに滞在していただけないかしら。あなたのように若い女の子と話していると、娘のことを思い出してうれしくなるの」

その言葉に虚を衝《つ》かれ、絢音は口をつぐむ。日坂は妹の優佳に対する深い後悔の念を口にしていたが、母親である千佐子も娘の死をまだ受け止めきれていないらしい。

そもそも絢音がこの屋敷に来たのは、優佳の死因を特定するためだ。日坂からの数々の親切に報いるには、自分にできることを精一杯やるしかない——そう考えた絢音は、二人に向かって丁寧に頭を下げた。

「ではしばらくのあいだ、このお屋敷でお世話になります。どうかよろしくお願いいたします」

「ふふっ、よかった。早速お部屋にご案内しますから、私と一緒にいらしてね」


絢音が案内された部屋は、東向きの客間だった。千佐子はこちらが着替えを一切持ってきていないと知ると、服のサイズを聞いて日坂家が懇意にしている百貨店の外商部に電話をかける。

すると一時間半後には外商員が衣服や靴、下着、寝間着やコスメに至るまでを大量に持参してきて、絢音は驚いた。

「こんなにたくさん……」

「久能《くのう》百貨店の外商さんは、優秀よ。私が『知り合いの子がしばらくうちに滞在するのだけど、何も持たずに来てしまったから、生活に必要なものを一式用意していただけるかしら』って言ったら、このとおり持ってきてくださったの」

千佐子の誉《ほ》め言葉に、外商員の女性が「恐れ入ります」と微笑み、商品を一点ずつ説明してくれる。

絢音はそれを興味深く聞きつつ、商品の総額が心配になって口を開いた。

「ありがとうございます。何も持たずに来てしまったので本当に助かるのですが、今は手持ちの現金が十万円しかありませんので、足りない分は明日お支払いするという形でもよろしいでしょうか」

絢音が外商員にそう問いかけると、千佐子が事も無げに言う。

「あら、お代は気にしなくても大丈夫よ。うちは月末にまとめて清算していただいているの」

「そんなわけにはいきません。わたしが自分で支払いますから」

「渡瀬さんはおきれいだから、着飾らせ甲斐《がい》があるわ。お金をいただく代わりに、私に一着ずつ試着して見せてくれるとうれしいのだけど、どうかしら」

絢音が言われるがままに外商員が持ってきた衣服を試着してみせたところ、彼女は「素敵ね」「可愛いわ」と褒めそやし、すべて購入してしまった。

（こんなによくしていただいて、いいのかしら。せめて金銭的な負担になるのは避けたいけど……）

頑なに受け取るのを拒否されてしまっては、それ以上は言いづらい。

その日は日坂と千佐子と三人で夕食を囲み、絢音は午後十時に入浴した。日坂家の屋敷には一階に浴室、二階にシャワールームがあり、どちらを使ってもいいと言われたものの、シャワーにする。

自室に戻ってベッドに座ると、ひどく不思議な気持ちがした。天堂家に引き取られてからは旅行に行ったことはなく、小学校と中学校の修学旅行にも参加できなかった。こんなふうに自宅ではないところにいるのが落ち着かず、心許ない気持ちになる。

そのときふいに部屋のドアがノックされ、絢音はハッと我に返った。急いで立ち上がり、ドアを開けると、そこには日坂がいる。

彼はこちらを見つめて目を丸くし、狼狽《ろうばい》した様子で言った。

「既に入浴していたとは知らず、失礼しました。話があったのですが、明日の朝にします」

そのまま日坂が去っていこうとしたため、絢音は慌てて言う。

「あの、わたしは構いません。お話とは一体何でしょうか」

すると彼がチラリとこちらに視線を向け、すぐに目をそらして答える。

「明日僕は仕事なのですが、仕事が終わったあとに日坂家の顧問弁護士と会うつもりでいます。ですからその時間に合わせて、当家《うち》の車で日坂マテリアルまで来ていただけないかと思ったのですが、いかがですか」

「はい、大丈夫です」

絢音が頷くと、日坂が「それから」と言葉を続ける。

「何か困ったことがあったり不安になった場合は、遠慮なく僕に言ってください。急に今までと違う環境に来て、戸惑う部分もあると思うので」

彼はスーツではなく、ネクタイを解いたワイシャツというラフな恰好《かっこう》で、ボタンが三つほど外れて首元の素肌が見えていることにドキドキする。

思えば絢音は軟禁生活が長く、伯父や従兄の祐成以外の異性と接する機会はほとんどなかった。顧客とは必要なことを十分間しか話さなかったため、こうして間近で男性の気配を感じるとひどく緊張してしまう。

（でも、日坂さんはすごく親切だわ。見ず知らずのわたしを心配して、自宅にまで招いてくれてるんだから）

絢音は顔を上げ、微笑んで答えた。

「確かに戸惑いはありますが、日坂さんやご両親に対する感謝の気持ちが一番強いです。見ず知らずのわたしに手を差し伸べてくださって、本当にありがとうございます」

それを聞いた日坂が目を瞠り、ふっと笑う。

すると端整だが鋭い印象が一気に和らいで、絢音の心臓が跳ねた。彼がこちらを見下ろし、穏やかな口調で言った。

「この階の一番奥が、僕の私室です。何かあったら、夜中でも来てくださって結構ですよ」

「そ、そんなことはしません。夜中だなんて」

絢音がしどろもどろに答えると、日坂が楽しそうに言葉を続ける。

「そうですね。では、おやすみなさい」

「……おやすみなさい」

翌日、夕方に日坂が勤める日坂マテリアルの本社に向かった絢音は、そこで顧問弁護士である水守恭敬《たかゆき》を紹介された。

日坂のオフィスである常務室に通されてこれまでの経緯を説明すると、水守が眉をひそめて言った。

「確かに岡田弁護士の言うとおり、渡瀬さんの置かれていた状況は深刻な人権侵害といえると思います。まず憲法二十六条の規定で、〝すべて国民は等しく教育を受ける権利を有し、またすべて国民は法律の定めるところにより、保護する子女に普通教育を受けさせる義務を負う〟とされています。つまり故意に学校に通わせないという行為は、渡瀬さんが大人になるために必要な学習をする権利を侵害したことになるのです」

また、未成年者が労働できないわけではないものの、親権者や後見人が本人に代わって賃金を受け取ることは禁じられているという。

絢音はこれまで千里眼で顧客から対価を受け取っていたが、それらをすべて伯父夫妻が懐に入れていたのは違法らしい。第三者である水守からそう指摘され、絢音は目を伏せてつぶやいた。

「わたしが置かれていた状況は……やはり普通ではなかったんですね。一日に平均して三人の顧客と会っていて、十年間その生活を続けていましたけど、わたし個人としては一度も金銭を受け取っていません。ただ、高価な着物や衣服を惜しげもなく与えられていて、食事もとても豪華なものでしたから、それが賃金代わりといえば確かにそうなのかもしれません」

「あなたにはこの十年間の労働の収支、そして賃金として受け取れるのはどれだけの金額だったかを、保護者代わりだった伯父に開示請求する権利があります。また、伯父の賢一さんはご自身のお母さまが存命中に〝礎会《いしばし》〟という宗教法人を設立していますが、こちらの財産目録や収支計算書におかしなところがないか精査する必要があるかもしれませんね」

今後の方針は岡田と面会してから決めることにし、水守との面談を終えた絢音はホッと息をつく。そして「自分が天堂家を出てきたのは、やはり間違いではなかったのだ」と考えた。

(伯父さんや祐成、わたしのことを探してるかな。何ヵ月も予約がいっぱいだって言っていたから、きっと混乱しているはず)

彼らにしてみれば、金づるである絢音がいなくなって怒り心頭だろう。

なぜなら祖母の血を引く伯父も祐成も千里眼の力はなく、絢音に頼りきりだったたからだ。そんなことを考えていると、ふいに日坂が「大丈夫ですか？」と問いかけてくる。

「顔色があまりよくありませんが、もしかしてここに来るのに疲れてしまいましたか」

「あ、いいえ。その……水守先生とお話しして、自分が置かれていた環境がいかに異常だったかをつくづく感じてしまっただけです」

「そうですね。ですが人権侵害の事実が認められた場合には、弁護士から警告や勧告を行うことができると言っていました。警察に被害届を出せば犯罪として立件できる可能性も高いので、どうか安心してください」

彼は「ところで」と言って絢音を見下ろす。

「体調に問題がなければ、このあと食事でもいかがですか」

「えっ？」

「今後の方針を話し合いたいですし、渡瀬さんがお嫌でなければ」

突然の申し出に驚きつつ、絢音は小さく答える。

「あの……嫌ではありません」

「そうですか。では早速行きましょう」

日坂の運転する車で向かったのは、代官山《だいかんやま》にあるフレンチレストランだった。

彼は個室を予約していて、席に着いた絢音は戸惑いをおぼえる。

（今まで祐成とこういうお店に来たことはあるけど、マナーに自信がない。もし粗相をしたらどうしよう）

彼はこちらを、教養のない女だと軽蔑するかもしれない。

そんな思いが頭をかすめたものの、自分が中学と高校に通っていないことは既に知られてしまっている。ならば取り繕っても無駄だと考えた絢音は、日坂に向かって「あの」と切り出した。

「正直に申し上げますが、わたしはこういうお店に来たのは今まで二回しかありません。カトラリーを外側から順番に使うこととか、お皿の上部にあるスプーンはデザート用だということはわかっているのですけど、もしお見苦しい真似《まね》をしたら申し訳ありません」

恥じ入りながらそう告げたところ、彼が眉を上げて言う。

「気にしないでください。渡瀬さんが外の世界に馴染みがないのは重々承知していますし、少しでも慣れて生活を楽しんでくれたらと考えてお誘いしたんです。個室なら他の客の視線が気になりませんから、多少失敗しても大丈夫ですよ」

日坂がこちらを気遣って食事に誘ってくれたのだとわかり、絢音は面映ゆさをおぼえる。彼がワインのリストを見ながら言葉を続けた。

「よろしければ、ワインでもいかがですか？　軽めのスパークリングでも」

今まで酒を飲んだことはなかったものの、勧めてくれるのがうれしく、絢音は「はい」と答える。やがてソムリエが目の前で注いでくれたのは、淡い黄金色をした微発泡ワインだった。

「では、乾杯」

「……乾杯」

グラス同士を触れ合わせて中身を一口飲むと、果実の甘みと泡の感触が爽やかで、絢音は目を瞠る。

「美味《おい》しいです」

「よかった。これは果実味が強いものですから、かなり飲みやすいと思います」

順番に運ばれてくる料理は、どれも見た目が美しかった。

日坂の言うとおり、個室で他の客の視線がないために落ち着いてカトラリーを使うことができて、絢音はこれまであまり食べたことのないフランス料理の味を愉しむ。

スパークリングワインは飲みやすく、気がつけば二杯目が空になっていた。その頃には頭がふわふわとし始めて、頭の隅で「これが酔うということなのか」と考える。

（お酒って初めて飲んだけど、美味しいんだ。それにお料理もすごくきれいだし、わたしがこんなお店にいるなんて不思議な感じ）

するると彼が、肉料理をナイフで切りながら問いかけてくる。

「今日は日中、何をしていたんですか？　母には『しつこくない程度に気にかけてほしい』とお願いしておきましたが」

「はい。千佐子さんには、午前と午後にそれぞれお茶に誘っていただきました。そして優佳さんのお部屋に案内していただきました」

今日は朝食の席で日坂家の面々と顔を合わせ、当主の圭祐にも紹介してもらった。

絢音が「渡瀬絢音と申します。このたびはお屋敷に滞在することを許可していただき、ありがとうございます」と挨拶すると、大企業のＣＥＯらしい威厳のある彼は鷹《おう》揚《よう》に微笑んで言った。

『お話は聞いています。あなたが幼少期から置かれてきた環境は、異常と言わざるを得ない。知ってしまった以上、見て見ぬふりをするのは人の道に悖《もと》りますから、私たちにできるかぎりのサポートをさせていただきます』

『ありがとうございます』

一方の千佐子は「昨夜はよく眠れたか」「何か足りないものはないか」と絢音をこ

まめに気遣い、午前十時にはお茶に誘ってくれた。

昨日まで見ず知らずだった自分に優しくしてくれる日坂家に報いたいと考えた絢音は、彼女に「優佳さんの遺品を見せていただけませんか」と申し出た。

自分の持っているもので価値があるのは、〝千里眼〟の能力しかない——そう思い、少しでも手掛かりを見つけたいと告げると、千佐子は席を立って二階の一室に連れていってくれた。

『半年前に娘を亡くしてから、部屋はそのままにしてあるの。片づけてしまったら、あの子が本当にいなくなってしまう気がしてね』

二階の奥にある優佳の部屋は日当たりがよく、女性らしい雰囲気に満ちていた。

白を基調とした室内はきれいに片づいていて、もう主が戻ってこないのが不思議なくらいだ。それを聞いた日坂が、口元をナフキンで拭って身を乗り出すようにしながら言う。

「それで、何かわかりましたか？」

「家具のひとつひとつに触れてみると、断片的な情報を読み取ることができました。一番顕著だったのは、衣服とバッグです。優佳さんがそれを着てどこに行ったのか、おぼろげながらに感じ取ることができました」

だが生身の人間を視たわけではなく、遺品に残るかすかな気配を探っただけのため、ぼんやりとしたイメージしかつかめない。

絢音がそう告げると、彼が感嘆の眼差しでこちらを見た。

「すごいな。今まで何の手掛かりもなかったのに、一気に光が差した気持ちです」

「でも……はっきりしたことはわからないので」

自分の能力の限界を感じ、申し訳なく思いながらうつむく絢音に、日坂がやや語気を強めて言う。

「あなたが視たイメージに合致する場所を、ひとつひとつ当たってみましょう。そうするうちに、優佳と交際していた相手に行きつくかもしれない」

「時間がかかるかもしれませんが、構いませんか？」

「ええ。地道にいけばいいだけの話ですから」

微笑む彼はまったく気を悪くした様子はなく、絢音はホッとする。

役立たずな自分に、失望するのではないかと思っていた。だが日坂はまったくこちらを責めようとせず、最初にそれを聞いた千佐子もごくわずかな手掛かりを聞いて目を潤ませ、「あの子の無念を晴らせるかもしれないのね」とつぶやいていた。

（わたしはこの人たちの、役に立ちたい。……一日も早く優佳さんの死因を突き止め

られるように頑張ろう）

改めて目の前の彼を見つめると、とても端正な容姿をしている。

顔立ちはもちろん、肩幅の広い男らしい体型や背すじが伸びた姿勢は堂々としていて、全体的に気品が漂い、いかにも御曹司然とした雰囲気を醸し出していた。

長いこと伯父一家以外の人間とほとんど接点を持ってこなかった絢音にとって、日坂との出会いは青天の霹靂《へきれき》だ。これまで会った誰よりも容姿が整っている彼を意識してしまい、気恥ずかしくなって目を伏せる。

すると日坂がそれに気づき、問いかけてきた。

「顔が少し赤いようですが、もしかしてもう酔ってしまいましたか？」

「はい。あの……少しふわふわしてます」

「では、ペリエをもらいましょうか」

彼がスタッフを呼ぼうとしたため、絢音はそれを制止する。

「大丈夫です、何だかすごく気分がいいので。本当はお酒を飲んだのは今日が初めてだったのですけど、美味しいものなんですね」

楽しい気持ちになって「ふふっ」と笑うと、日坂がわずかに眉を上げる。そして表情を緩めて言った。

「何というか、あなたは天真爛漫な人なんだな。少女のように無邪気で、まるで警戒心がないように見える」

「日坂さんはとてもいい方ですから、信頼しています」

「普通は会って二日の人間を、そこまで信用しないものですよ」

「そうでしょうか。日坂さんは最初から身分を明らかにしてくれましたし、ご両親にも紹介してくれました。話し方も丁寧で、落ち着いてらっしゃいますし」

するとと彼はワインを一口飲み、どこか悪戯《いたずら》っぽい顔で笑う。

「素の僕は、もう少しぞんざいな人間ですよ。立場上、丁寧に振る舞うのに慣れているというだけで」

「そうなのですか？」

「ああ。――一人称も〝俺〟だし」

ふいに日坂が口調を変え、絢音はドキリとする。彼がニッコリ笑い、言葉を続けた。

「せっかくだから、これからは素の口調にしようかな。渡瀬さんも俺に対して敬語を使わなくていいから」

「そんなこと……できません。失礼ですし」

モゴモゴと答えると、日坂が楽しそうに笑う。

その表情はこれまでとは違って親しみやすく、絢音は胸の鼓動が速まるのを感じた。

その後は和やかに会話し、食事を終える。彼はワインを飲んでしまったためにタクシーで帰宅すると、絢音を自室に誘った。

「渡瀬さんが視たイメージの場所がどこかなのか、地図情報サイトのストリートビューで検索してみようと思うんだ。印象的な建物の特徴や看板などを挙げてくれないか」

「はい」

優佳の部屋から持ってきた一枚のワンピースに触れながら、絢音は断片的な映像をいくつか挙げていく。すると日坂が、考え込みながら言った。

「宮殿のような建物で大きなシャンデリアのある真っ赤なウェイティングスペースというと、恵比寿《えびす》にある三つ星レストランかな。この建物じゃないか？」

「あ、そうです」

彼が検索して出てきた建物を見た絢音は、頷く。そうして数枚分の衣服に残った記憶からいくつかの土地を予測し、日坂がメモを見ながら言った。

「このすべてが交際相手と行った場所だとは限らないが、行ってみる価値はあるな。これから俺の仕事が終わったあとや休みの日などに、一緒に訪れてみてくれないか」

「あの、わたしがですか？」

「ああ。君がその場所に行ったら、新たに何かわかるかもしれない」

確かにそのとおりで、絢音は「わかりました」と答える。

並行して優佳の遺品から情報を読み取る作業を少しずつ進めていこうと提案され、それを了承した。

「渡瀬さんには負担をかけてしまって、申し訳ないと思ってる。その代わり君のほうの事情にも、できるかぎり協力するから」

「とんでもないです。わたしのほうは今で充分すぎるほどお世話になっていますし、こちらこそ協力させてください」

すると日坂が微笑み、パソコンを終了させながら言う。

「じゃあ今日は、ここまでだ。君は階下《した》のバスルームを使うか、それとも二階？」

「あ、二階で……」

「だったら俺は、一階を使おう。ゆっくり休んでくれ」

絢音は居住まいを正し、面映ゆい気持ちで答えた。

「はい。……おやすみなさい」

第三章

宗教法人・磴会は三十五年前に法人として認可を受けているが、表向きは看板を出しておらずひっそりとしている。

その実態は〝千里眼の巫女〟たる絢音に顧客と面談させ、さまざまなことを透視させては高額な代金を取る新興宗教だ。いわゆる霊感商法と違うのは、物品を売らないことと絢音に本物の能力があるところで、その確かな透視で着実に顧客を増やしていた。

だが代金がかなり高額な上、予約は数ヵ月先まで取れなくなっている。その一切を取り仕切る天堂祐成は、電話の受話器を持って告げた。

「はい。巫女はこのところ体調不良が続き、お休みをいただいておりまして。……ええ、佐野《さの》さまのご事情は、充分承知しております。ですが他の方にもお待ちいただいている状態ですので、今少しお時間をいただけないでしょうか」

電話の相手は商社の重役で、何度も「面会するのは十分だけなのだから、何とかならないか」「予約だけで数ヵ月かかっているのだから、これ以上は待てない」と食い下がってきて、祐成はなだめるのに苦労する。

ようやく電話を切ったとき、思わずため息が漏れた。最近はこうして電話応対をするだけで一日が終わり、怒り出す相手も多いためにかなりの負担になっている。だが当の〝千里眼の巫女〟がいないのだから、予約はすべて断らざるを得ない。

（一体どこにいるんだ……絢音）

祐成はかすかに顔を歪め、奥歯をきつく噛《か》む。

従妹《いとこ》の絢音が天堂家から出奔《しゅっぽん》して、一週間が経っていた。月に二度だけ許していた外出日、たまたま自分が同行できなかったときに彼女は付き添いの人間を撒《ま》いて姿を消してしまい、祐成は忸怩《じくじ》たる思いを押し殺す。

（おそらく絢音は、逃げ出す機会をずっと窺《うかが》っていたんだ。もしかしたら俺が同行できないのを千里眼で視て、脱走計画を練っていたのかもしれない）

礎会は絢音がいることで成り立っており、代替えは効かない。

かつては祖母の御影がその役目を果たしていたが、彼女の千里眼の力は一族の中で絢音一人にしか受け継がれなかった。御影の長男である賢一は若い頃から母親を手伝い、宗教法人・礎会を設立して巨額の富を築いた。娘の鈴子にも千里眼の能力はなく、御影亡きあとをどうするかが課題だったが、彼女が生んだ絢音に力が引き継がれていたのは僥倖《ぎょうこう》だった。

鈴子が夫と共に事故死したのを知った御影は、孫娘である絢音を手元に引き取った。彼女は自分と同じ千里眼の力を持つ絢音を後継者にするつもりはなく、賢一に「自分が死んだあと、磴会は解散させるように」「絢音は普通の娘として育てなさい」と申しつけていたらしい。

だが実際に御影が亡くなったあと、賢一は絢音に〝千里眼の巫女〟の座を強引に引き継がせた。それどころか学校にも行かせず、屋敷に閉じ込めて、十年にも亘《わた》ってその能力を搾取し続けた。

祐成は大学卒業後に磴会を手伝い始め、絢音の傍にいて彼女の行動を逐一管理する役目だったが、そうした自分たちの行動に違法性があるのは充分承知している。

(俺や父さん母さんは、絢音に逃げられないように彼女を丁重に扱ってきた。最高級の着物で着飾らせ、食事も上等なものを与えて、月に二度は外出させている。今まではそれで上手く回っていたのに)

絢音にテレビやネット環境を与えなかったのは、余計な知恵をつけたり外部と連絡を取られてはまずいからだ。

本を読むのは許可したが、それらはこちらの検閲を経た無難な内容のもので、とにかく世間から隔絶し、彼女を自分たちの手元に囲い込むことに腐心してきた。

天堂家が広大な屋敷に住み、贅沢《ぜいたく》な暮らしができているのはすべて絢音がもたらす巨額の富によるものであり、決して手放すことはできない。風にも当てぬように大切に彼女を育ててきたが、おそらく転機は去年弁護士の岡田が訪ねてきたことだろう。

祖母が未成年後見人として指名した彼は、絢音が両親から相続した遺産を管理しており、二十歳になったその日に引き渡し手続きのために屋敷を訪れた。

本当は自分たち一家がその場に同席するつもりでいたが、「極めてプライベートで秘匿性の高い手続きのため、弁護士である私と当事者である絢音さん二人だけにしてください」「もしその環境が用意できないのであれば、私の事務所に来ていただいて話をすることになります」と言われ、席を外さざるを得なかった。

二人は長らく話し込んでおり、もしかするとそのとき絢音は岡田から何か吹き込まれたのかもしれない。そう思い、しばらく警戒していたものの何の動きもなく、一年ほど経過して突然逃げられたために対応が後手に回ってしまった。

彼女が失踪してから二週間、祐成や賢一は方々手を尽くして行方《ゆくえ》を捜しているものの、何の手掛かりもない。絢音は捜索願を出されないように先手を打ち、非通知の番号でこちらに電話をかけてきて「逃げ出したのは自分の意思で、屋敷に戻る気はない」「これから岡田先生のところに行って、人権救済の申し立てをするつもりでいる」と発言しており、臍《ほぞ》を噛んだ。

（弁護士が間に入るのは、まずい。これまで絢音を学校に通わせずに軟禁していたことがばれれば、俺たちは逮捕されるかもしれない）

これまでも岡田からは「未成年後見人の役目の一環である〝身上監護〟のため、絢音さんにお会いしたい」という申し出が再三あったものの、父はそれをのらりくらりと躱してきた。

いつしかそんな問い合わせも途絶え、安心していたところだったが、絢音本人から人権救済を申し立てられれば岡田は弁護士としてそれを無視したりはしないだろう。

解せないのは、先方からいまだ何の問い合わせもないことだ。もしかすると証拠固めのために慎重に動いているのかもしれず、落ち着かないことこの上ないが、こちらから問い合わせれば藪蛇《やぶへび》になりかねない。

（絢音が今どういう状況にいるのか、知ることができればな。スマホのGPSが無効になっているのは故意に切ったのか、弁護士に入れ知恵されたのか）

これまで社会から故意に隔絶してきたため、絢音は純粋無垢だ。

一人で電車に乗ったりホテルに泊まることができるとは思えず、岡田か第三者のサポートを受けていることが考えられ、祐成の中にやきもきした思いが募る。

とにかく絢音に接触し、彼女を説得したい。自分たち一家が絢音を家族として大切に思っていること、戻ってきてくれなければ礎会は立ち行かなくなること、たくさんの人々が彼女を待っていることを言葉を尽くして伝えれば、素直な性格の絢音は心が揺らぐはずだ。

何なら外出日を増やすのを提案し、極力彼女の要望に寄り添ってあげてもいい。その一方で、二度と第三者に接触できないよう、セキュリティを強化しなければならないと祐成は考えていた。

(父さんと母さんは絢音を金づるだと考えているが、俺は違う。心から彼女を大切に思っているし、ゆくゆくは結婚したいと思っている)

今この瞬間、絢音が自分の知らない人間と一緒にいると想像するだけで、焼けつくような嫉妬の感情をおぼえる。

六歳年下の従妹である彼女を、祐成は一人の女性として愛していた。天堂家に来た頃の絢音は十歳で、当時十七歳の高校生だった祐成は恋愛対象として見ていなかったが、彼女が十六歳を過ぎた辺りから見る目が変わった。

まるで蛹《さなぎ》が羽化するように絢音は歳を経るにつれて美しさを増し、その清楚な美貌は屋敷を訪れた顧客たちも目を瞠るほどになっていた。

彼女を一生自分たちの手元に囲い込むため、「お前があの子と結婚すればいい」と賢一が言い出したのは、絢音が十八歳になったときだ。

既に彼女を異性として見ていた祐成は、それを了承した。父は早く入籍するようにせっついてきたものの、「急にそんなことを言い出せば絢音のストレスになり、千里眼に支障をきたすかもしれない」「時機を見て、彼女が二十二、三歳くらいになったらでいいのではないか」と祐成が提案したところ、彼は渋々納得した。

現在絢音は二十一歳になり、父から再び話を蒸し返された祐成が「来年辺りに結婚しようか」と具体的に考え始めた矢先、今回の失踪事件が起きた。

彼女がいなくなって二週間、祐成は興信所に依頼して岡田が代表を務める弁護士事務所の周辺を見張ってもらっているが、絢音らしき女性が出入りしている気配はない。

それどころか岡田本人も出社していないようで、祐成はじりじりとした焦りを押し殺した。このまま興信所が何の成果も上げられないなら、新たな手立てを考えるべきだ。幸いなことに数十年に亘って宗教法人をやっているせいで、それなりの人脈はある。

祐成はパソコンの画面上のフォルダをクリックし、顧客リストを呼び出した。ズラリと並ぶリストをスクロールしていき、手を止めたのは〝高塚秀臣《たかつかひでまさ》〟という名前だ。

（十一ヵ月前に来たこの男は、半グレ集団〝伏龍会《ふくりゅうかい》〟の人間だ。確か前のトップがヤクザと揉《も》めて姿をくらましたため、どこに行ったかを視てほしいという依頼だった）

当時の伏龍会のトップは安高《あだか》という男で、墨田《すみだ》区を根城とする墨谷会《すみたに》というヤクザと揉め事を起こした。

彼の仕出かしたことはヤクザの面子《めんつ》を潰してしまい、側近だった高塚も相当痛めつけられたらしい。「逃げた安高を見つけ、彼の身柄をこちらに差し出せば許してやる」「見つけられなければ、お前も伏龍会の人間も命はないと思え」と脅された高塚は血眼になって安高の行方を捜しており、やがて〝千里眼の巫女〟の噂に辿《たど》り着いた。

伝手《つて》を辿って面談の予約を入れてきた彼は、絢音の千里眼によって逃げていた安高の居場所を特定し、その身柄を引き渡すことで揉めていたヤクザと無事手打ちにできたという。

その後高塚は伏龍会のトップの座を引き継いでいて、つまり彼はこちらに対して恩義があるということだ。都内で複数の飲食店やガールズバーを経営し、独自のネットワークを持つ伏龍会ならば、絢音がどこに行ったかを突き止めることができるかもしれない。

(高塚に連絡を取って、絢音の行方を捜してくれるように依頼しよう。ついでに弁護士の岡田を少し痛い目に遭わせてもらい、今後こちらの事情に一切関わらないようにしてくれれば一石二鳥だ)

あくまでも自分は動かず、金を出すだけだ。せっかくそうした荒事が得意な人間に心当たりがあるのだから、人脈は有効に使わなければならない。

(このまま絢音が戻らず、予約を断り続けることになれば、磴会は存続できない。それだけは回避しなければ)

ぐっと眦《まなじり》を強くした祐成は、電話の受話器を取る。

そしてパソコンの画面に表示された顧客リストを見つめつつ、ダイヤルボタンを押した。

＊＊＊

日坂マテリアルは戦後に創業した総合商社で、食品や化学品、ヘルスケアの他、インフラや鉄鋼製品、エネルギーまで幅広く取り扱っている。

世界中の取引先から原材料や商品を調達して販売し、事業投資や国際的なプロジェクト案件の構築、物流などでも収益を上げる多角的な大企業だ。

そのCEOを父に持ち、常務というポジションに就きながら経営戦略部に所属する日坂は、日々多忙だ。社長直轄の部署であり、社内の各部門と連携が多い分、事業展開への貢献も大きい。一日のスケジュールは大抵会議と商談で埋め尽くされているものの、最近の日坂は極力残業をせずに退勤することを心掛けていた。理由は、絢音と会うからだ。会社の近くで彼女と待ち合わせ、優佳の遺品から読み取った場所を訪れては、手掛かりを探している。

最初は恵比寿の三つ星レストランに行き、別の日には芝《しば》公園付近にあるラウンジ、赤坂の料亭などを回った。いずれも高級店ばかりで、一人で行くような店ではないことから、おそらく優佳は交際相手と訪れたに違いない。

実際にその場所を訪問した絢音は、「優佳さんは、確かにここに来たことがあると思います」と言っていたものの、それ以上のことはわからないようだった。日坂は「せっかく来たのだから」と彼女を食事に誘うようになり、約二週間が経つ。

（まさか彼女と、優佳の死因について調査することになるとは思わなかったな。街中でぶつかったときは、千里眼があるなど想像もしなかった）

絢音に千里眼の能力があると知ったとき、日坂は最初ひどく懐疑的だった。

霊的なものやスピリチュアルな世界を否定はしないものの、これまでそうしたことに触れる機会がなかったため、にわかには信じがたいというのが本音だった。

しかし実際に自宅の住所やポケットの中にある名刺に書かれた名前を言い当てられ、父も〝千里眼の巫女〟の話を知っていたため、信じざるを得なくなっている。

十年ものあいだ伯父一家に軟禁されてきたという絢音は世事に極端に疎《うと》く、どこに行っても物慣れない様子を見せた。だが彼女は見栄を張らずにわからないことを正直に申告し、一方で初めて見るものに目を輝かせたり、美味しいものを食べたときに顔をほころばせたりと、素直な表情が庇護《ひご》欲《よく》をそそった。

絢音は日坂が出会ってきた女性の中でも群を抜いて純粋で、ときに危なっかしさも感じ、日坂は彼女のことが心配になる。

(俺のことも、出会ってすぐに信用してしまったみたいだしな。あの素直さは十年間社会から隔絶されていたせいなのか、それとも生来のものなのか)

初めて屋敷に連れていった夜、湯上がりの絢音の姿を目の当たりにした日坂は、ひどく動揺した。

思わず目をそらしてしまったものの、彼女はまったく警戒心を抱いておらず、無防備な姿を晒《さら》すのに抵抗がない様子だった。これまでそんな女性には会ったことがなく、日坂はカルチャーショックを受けた。

（あれだけの容姿で、素直な性格の持ち主だ。一人にしたら、あっという間に悪い男に食い物にされるのは目に見えてる。……心配で仕方ない）

ここ最近は気がつけば絢音のことばかり考えていて、日坂はそんな自分に困惑する。一緒に過ごす時間が増えれば増えるほど、彼女から目が離せない。絢音の清楚な美貌や品のある言葉遣いは好ましく、鈴を鳴らすような笑い声を聞くとついこちらも微笑んでしまう。

二人であちこちに出掛けるのは、優佳の死因を突き止めるという目的があるからだ。しかし近頃はそれが霞《かす》んでいるのを、日坂は如実《にょじつ》に感じていた。

（でも……）

こんな気持ちを抱くのは、不純だ。絢音と一緒に出掛けるのはデートでも何でもなく、あくまでも調査にすぎない。そう自らを戒め、日坂は小さく息をつく。

今夜は虎《とら》ノ門《もん》周辺を調べる予定で、日坂は午後六時に仕事を終えた。そして一階のロビーに下りると、応接スペースに絢音が人待ち顔で座っている。

ボウタイ付きのブラウスと膝下丈のフレアスカートという恰好の彼女は、背すじが伸びて姿勢がよく、いかにもお嬢さまらしい雰囲気を醸し出していた。ロビーを歩く男性社員の何人かがそんな絢音の姿をチラチラと見ており、日坂は内心「やはり目立っているな」と考える。

（本当は外で待ち合わせしたほうがいいんだろうが、渡瀬さんの身に危険が及ばないとも限らない。だから日坂家《うち》の車でここまで送ってもらい、会社のロビーで待ってもらっているけど……）

日坂の姿を見た社員たちが次々と「お疲れさまです」と声をかけてきて、それに応える。

すると絢音がこちらに気づき、かすかに目を輝かせた。一瞬だけ彼女と視線を合わせた日坂は、何食わぬ顔で会社の外に出る。そして敷地を出たところで待っていると、絢音が後からやって来た。

「日坂さん、お疲れさまです」

「だいぶ待たせたかな」

「いえ。さっき来たところですから」

微笑む彼女は可愛らしく、それを見た日坂の心が和む。

会社のロビーまで呼びつけておきながら絢音と一緒に行動するのを避けているのは、自分がＣＥＯの息子だという自覚があるからだ。社内を歩くだけで自然と衆目を集めてしまうため、彼女と話しているのを見られたら妙な噂を立てられかねない。

今回向かうのは、虎ノ門周辺だった。絢音が優佳の持ち物から読み取った記憶にいくつか個性的なビルがあり、日坂が「おそらくこの辺りだろう」という目星をつけたところだ。

日坂の運転する車に乗り込み、目的地に向かう。その道中で、日坂は助手席に座る絢音に向かって言った。

「今日は岡田弁護士が入院する病院に、お見舞いに行くと言っていただろう。どうだった?」

「比較的お元気そうでした。『早く退院して、絢音さんの案件に取りかからなくては』とおっしゃっていて」

弁護士の岡田は持病の手術後の経過が思わしくなく、予定よりも入院が長引いている。

当初は事務所スタッフから「個人情報保護の観点から、入院先は教えられない」とにべもなく告げられた絢音だったが、その後日坂が彼女のために契約したスマートフォンの番号を伝えたところ、翌日に岡田本人から連絡がきた。

彼は絢音が天堂家を出てきたことを聞くと、「あなたの選択は正しい」「私でよければ、人権救済のお手伝いをさせてください」と言ったものの、実際に案件に着手するのは退院後になることを丁寧に詫《わ》びてきたという。

岡田は「もし急ぐようであれば、他の弁護士を紹介する」と申し出てきたが、絢音は彼の退院を待つと答え、今に至る。

一方で、日坂家の顧問弁護士である水守は磴会の内情について調べていた。宗教団体として設立したのは数十年前だというが、念のためその経緯を確認してもらっている。

(渡瀬さんが天堂家から逃れるためには、できるかぎり理論武装しておいたほうがいい。伯父一家が取り仕切る磴会に不透明な部分があった場合、それは彼女にとって有利に働くはずだ。何しろこの十年間、タダ働き同然だったんだから)

車で十五分ほど走り、虎ノ門付近でパーキングに駐車する。

ランドマークである五十二階建ての複合タワーを見上げ、しばらく考えた絢音が、ビル風で巻き上げられる髪を押さえて言った。

「優佳さんはこの場所に、数回来たことがあると思います。実は今日持っているバッグは、優佳さんが生前愛用されていたものを千佐子さんからお借りしてきたものなのですけど、男性の足元やスーツの袖口などがチラチラ視えるんです」

「それは、彼女が一緒に行動した男ということか？」

「はい、たぶん。靴は磨き上げられていますし、スーツの袖口から見える腕時計もおそらくかなり高価なものです。身なりのきちんとした男性という印象があります」

それを聞いた日坂は、じっと考える。

（靴と腕時計のブランドを調べれば、相手がどの程度の経済状況の人間かわかるかな。途方もない話だが）

「相手の男の顔は視えないのか？」

「はい。身体の一部が断片的に、しかもぼんやりとしか見えないものですから……。申し訳ありません」

「いや、いいんだ。無理を言ってすまない」

悄然《しょうぜん》と肩を落とした絢音が、「でも」と言って顔を上げる。

「緑溢れる大きな公園のイメージもあったのですけど、都内でそういうところはありますか？」

「この近くなら、皇居外苑《こうきょがいえん》か日比谷《ひびや》公園かな。だが行くのは日を改めないか？」

「えっ」

「もう暗くなるし、今日は虎ノ門でイタリアンを予約してる」

するとそれを聞いた彼女が、躊躇いがちにつぶやく。

「あの、でも……せっかく近くまで来ているわけですから、思い当たる場所に行くのを優先したほうが」

「君が頑張ってくれているのは知ってるし、とてもありがたく思ってるよ。でも、漠然としたイメージの中から優佳の交友関係に繋《つな》がる手掛かりを探すのは、雲をつかむような話だ。あまり根を詰めず、気長にやっていくのが一番じゃないかな」

おそらく絢音は、日坂家に居候する形になりながら成果を出せていないことを心苦しく思っているのだろう。

だからこそ優佳の部屋で彼女の遺品に触れ、日坂が貸し出したパソコンで操作に四苦八苦しつつも、自分の中のイメージに似た場所を探している。

予約した店は、五分ほど歩いたところにある隠れ家的一軒家だった。ここは星付きレストランで、イタリアで修行経験のあるオーナーシェフが経営しており、日本中から選び抜いた肉とトリュフのスペシャリテ、イタリアンでありながら日本酒とのマリアージュを愉しめる。

個室を予約したのだと知った絢音が、どこかホッとした様子を見せていた。外食に慣れていないという彼女は、食事に連れ出すたびにこちらに恥をかかせてしまうかもしれないことを気にしており、日坂は「そんなこと考えなくていいのに」と思う。
(元々控えめな性格なのかな。いつも俺に対して遠慮していて、ときどきもどかしくなる)

こうして二人で出掛けるようになってから、プライベートな話をすることが増えた。

絢音は十歳まで両親と共に暮らしていて、母方の親族、つまり祖母と伯父一家には一度も会ったことがなかったという。父親の雅史《まさし》は飲料メーカーに勤める会社員、母親の鈴子は近所のパン屋のパート従業員で、ごく普通の家庭だったそうだ。

「父方の祖父母は離婚していて、交流があった祖父は私が幼い頃に亡くなりました。母は自分の親族については話したがらなくて、でもわたしの千里眼の能力を知ると、『お祖母ちゃんに似ちゃったのね』と複雑な表情でつぶやいていました」

絢音が十歳になった頃に両親が交通事故で二人同時に亡くなり、祖母である御影に引き取られることになったが、彼女は祖母に会った瞬間に「この人は、自分と同じ能力を持っている」と直感的にわかったという。

それを聞いた日坂は、抱いていた疑問を口にした。

「渡瀬さんの能力については疑いようがないけど、その……普段の生活で混乱しないか？　あらゆる情報が入ってきてしまうんじゃ」

相対する人間の過去や未来などが視えてしまうのは、ひどく気疲れしてしまうのではないか。そんな日坂の疑問に、絢音が微笑んで答えた。

「普段生活しているときは、意図して情報を遮断しているんです。元々無意識にそうしていて、祖母と暮らし始めてから改めて指導されました。『気をつけないと、深刻な疲労になってしまうよ』って」

日常生活では感覚を閉じて他人にフォーカスしないように努め、逆に顧客に会うときは意識して〝視る〟ようにしたため、より精度が上がったらしい。

だが一日に会うのは三人が限度で、集中したあとはひどく疲弊して動けなくなるのだと彼女は語った。日坂は驚きに目を見開き、皿にカトラリーを置いて問いかける。

「待ってくれ。だったら優佳の遺品に残る記憶を探るときも、かなり負担がかかってるんじゃないか？」

「それは……」

「どうして最初に言ってくれなかったんだ。俺はてっきり、君が呼吸するように自然に千里眼を使っているんだと思ってた。だからこそ気軽に『優佳を死に追いやった人間を突き止めたい』などと言って、渡瀬さんに負担を強いてしまった」

もしかすると、こうして手掛かりを探して出掛けることすらも絢音にとっては苦痛だったのかもしれない。そう考え、日坂は自身の浅慮を深く悔いた。

（馬鹿だ、俺は。最初に能力を使うリスクについて彼女に聞くべきだったのに、それを怠《おこた》るなんて）

するとと絢音がこちらを見つめ、慌てた顔で言う。

「あの、どうか気になさらないでください。わたしは日坂家のお屋敷に居候させていただいている身で、その対価として優佳さんの死因を特定するためのお手伝いをするという契約です。だから努力するのは当然です」

「だが身体に負担がかかるなら、俺は気軽には頼まなかった。もし体調不良なのに無理をしてくれていたのなら、本当に申し訳ない」

それを聞いた彼女が、首を横に振って答えた。

「確かに疲れを感じるときはありますが、休みながらできているので大丈夫です。それにわたし、日坂さんやご両親のお役に立ちたいんです。だから全然つらくありません」

絢音が柔らかな笑みを浮かべ、それを目の当たりにした日坂の胸が強く締めつけられる。

彼女の表情からは、社交辞令ではなく本心からそう言っているのだということが伝わってきた。その純粋さは日坂の心をつかみ、これまでぼんやりとしていた絢音への気持ちが明確に形を成していくのを感じる。

「……日坂さん？」

彼女が不思議そうにこちらを見つめ、日坂は微笑んで言う。

「渡瀬さんは、充分すぎるくらい役に立ってくれているよ。だからそんなに頑張らなくていい」

「でも、まだ明確な手掛かりをつかめていないですし」

「俺も両親も優佳につきあっている相手がいることを知らなかったから、どんな人物なのか一切不明だったんだ。亡くなったときの彼女が妊娠していて、おそらく交際相手と何かしらのトラブルになったこと、その結果自死を選んだということは推測できているけど、そこ止まりだった。でも今は優佳の行動範囲が少しずつ判明し、相手の男の片鱗《へんりん》が見えてきている。それは渡瀬さんがいなければわからなかったことだから、深く感謝してる」

日坂は一旦言葉を切り、改めて告げる。

「優佳の死因の調査は、申し訳ないがこの先も君の能力頼みになる。だが肉体的な負担をかけてまで強いるつもりはないし、それは俺の両親も同様だ。だからどうか、無理だけはしないでくれないか？　あくまでも渡瀬さんがつらくない範囲で協力してほしいんだ」

絢音の苦痛から目を背けて千里眼を使うように強制すれば、それは天堂家と同じことになってしまう。

私利私欲に満ちた彼らの行動は唾棄《だき》すべきものであり、同じレベルの人間にはなってはならない。そんな気持ちを強くする日坂に、彼女が答えた。

「ありがとうございます。そうですね、無理をして倒れてしまってはご迷惑をかけてしまいますから、適度に休憩したいと思います」

その後は旬の野菜や海鮮、国産牛を使った料理に舌鼓《したつづみ》を打ち、午後九時過ぎに店を出た。

外は昼間に比べてひんやりとしており、雑多な匂いのする風が吹き抜けていく。

「ごちそうさまでした」と言う絢音を振り返った日坂は、彼女に提案した。

「せっかくだから、夜景でも見て帰らないか？」

「えっ？」

「ビルの最上階にあるバーからの眺めが、絶景なんだ」

最初に訪れた五十二階建ての複合タワーの最上階には、セミオープンテラスのバーがある。きらめく夜景を眼下に眺めつつ、ワインやシャンパン、季節の果物を使ったカクテルなどをソファ席で優雅に愉しめる造りだ。

絢音が遠慮がちに頷き、日坂は徒歩数分のところにあるビルへと足を向けた。館内はこの時間でも多くの人が行き交っており、エレベーターホールには数人並んでいる。

そこを通り過ぎて専用の入り口に入ると、五十一階のレセプションロビー直通のエレベーターがあった。しばらく待ってやって来た箱に、日坂は絢音と連れ立って乗り込む。

他に外国人を含めた四人ほどの客がいて、緩やかに上昇するエレベーターの中で移動していく階層パネルの数字を見るとはなしに見つめた。

するとふいにポケットの中のスマートフォンから、大きな警告音が鳴る。他の客のほうからも同じ音がし、彼らが顔を見合わせた。

その直後にグラリと身体が揺れ、日坂はバランスを崩して壁に手をつく。

「……っ」

(──地震だ)

揺れは瞬く間に大きくなり、日坂は地震が起きているのを悟った。

エレベーターの中にいる客たちが悲鳴を上げ、日坂は咄嗟《とっさ》に隣にいる絢音の身体を引き寄せて抱きしめる。ガタンという大きな振動と共にエレベーターが一瞬停止し、その後緩やかに上昇を始め、中年の外国人夫婦が大きな声を上げた。

「《ちょっと！　どうなってるの、これ》」

「《私たちは閉じ込められるんじゃないか⁉》」

腕の中の絢音は蒼白な顔をしていて、小さく「日坂さん……」とつぶやいた。

他の二人の客も動揺しており、日坂は咄嗟に英語で告げる。

「《落ち着いてください。こうした高層ビルには地震時に作動する自動運転装置がついていて、揺れを感知した場合には最寄り階に到着後、扉が開いて中にいる人が出られるようになっているはずです》」

「《そうなの？》」

その言葉どおり、本来通過するはずの二十五階のオフィスフロアでエレベーターが停まり、扉が開いて外に出られるようになる。

既に揺れは治まっていたものの、ロビーは地震に驚いて出てきた各オフィスの人々でざわついていた。日坂は隣に立つ絢音を見下ろし、彼女に問いかける。

「大丈夫か？」

「は、はい。すごく揺れましたね」

絢音は必死に平静を装おうとしているものの、その手がかすかに震えていて、彼女がひどく動揺しているのがわかった。日坂は壁際に絢音を誘導し、抑えた声音で呼びかける。

「もう揺れは治まっているから、落ち着こう。少し様子を見て、余震がないようならエレベーターで一階に降りる。いいか？」

「……はい」

彼女が胸の前で両手をぎゅっと握り合わせ、ふいに小さく「……ごめんなさい」と謝ってきた。日坂は不思議に思い、問いかける。

「どうして謝るんだ？　急に大きく揺れたんだから、誰もが怖くなって当然だ」

「違うんです。わたしが感覚を閉じずにいたら、きっと地震が起こることを予知できていました。そうすれば、日坂さんを危険な目に遭わせずに済んだのに」

「――……」

絢音がこちらの身を案じて予知できなかったことを後悔しているのだとわかり、日坂は胸を衝かれる。

結果的に事なきを得たのだから、彼女が気に病む必要はまったくない。むしろ日坂よりも動揺している状態なのに、それでも自分を気遣ってくれるところにいじらしさを感じた。

（駄目だ。……もう気持ちを抑えられない）

日坂は腕を伸ばし、隣に立つ絢音の手を握る。そして驚く彼女を見つめて告げた。

「渡瀬さん。――俺は君が好きだ」

「えっ」

「地震を予知できなかったのは渡瀬さんのせいではないし、怪我もしていないんだから気にする必要はない。そもそもいつ天変地異が起きるかなんて普通の人にはわからないものなんだから、感覚を閉じていた君のことは誰も責められないはずだ」

「…………」

「出会ってから半月、俺の中で渡瀬さんの存在は日々大きくなっていた。最初は君の境遇を気の毒に思い、自分にできることがあるならと考えて自宅に滞在するように勧めたけど、渡瀬さんはいつも俺や両親に対する感謝の念を忘れず謙虚だ。世間知らずなところを恥じているようだが、君はわからないことはきちんと申告するし、立ち居振る舞いに品があるから気にならない。感情表現が素直で、楽しいときやうれしいときにすぐに顔に出るから、気がつけば俺も一緒になって笑っていることが増えた。いつしか渡瀬さんと過ごす時間が、俺にとって心地いいものになっていたんだ」

絢音は驚きの表情で、こちらの言葉を聞いている。日坂は話を続けた。

「その一方で、自分の疲労をそっちのけにして優佳の遺品から情報を探ってくれたり、地震を予知できずに俺を危険に晒したことを悔やんでいる。そんな渡瀬さんを見ているうち、俺は君を一人の女性として好ましく思っているのに気づいた。同情でも利害関係でもなく、恋愛感情で君のことが好きなんだって」

彼女の顔が、じわじわと赤らんでいく。日坂は絢音の手を握ったままで言った。

「急にこんなふうに言われて、混乱しているだろう。だから今すぐ返事が欲しいとは思わないし、気持ちを押しつけるつもりもない。ただ、俺が渡瀬さんをそういうふうに思っている事実は知っておいてほしかったんだ」

小さく息をついた日坂は話を一段落させ、彼女の手を放す。そして切り替えるように言った。

「何だか夜景を見る雰囲気ではなくなってしまったな。また大きな地震が起きたら困るし、もう帰ろう」

エレベーターが動くかどうかを確認するためにその場を離れようとした日坂は、ふいにぐいっと腕を引かれて目を見開く。振り向くと、絢音がこちらの手をつかんで言った。

「どうして勝手に話を終えてしまうんですか？　……わたしはまだ、何も言ってないのに」

「…………」

「日坂さんがわたしをそんなふうに想ってくださっているだなんて、まったく知りませんでした。出会ったときから親切な方だと思っていましたけど、それは上流階級の人々ならではの、社会奉仕の一環だと考えていたんです」

おそらく日坂の両親は、その考えに近いはずだ。

自分たちには社会的地位や経済的余裕があるのだから、困難を抱えている人に手を差し伸べるのはやぶさかではない。そんな気持ちで絢音を受け入れるのを了承し、力になろうとしているのだろう。

だが日坂は、違う。初めこそ千里眼の能力に興味を持ち、妹の自死の原因となった交際相手を突き止めることができたらという打算があったが、絢音と接するうちにどんどん彼女自身に心惹かれていった。

絢音が言葉を探すように、慎重な口調で言った。

「外の世界に慣れていないわたしは、日坂さんが親身になってくれてとても助かりました。ご恩に報いるためには、何としても優佳さんの交際相手を突き止めなければならない。そう思い、さまざまなところにご一緒しましたけど、いつしか日坂さんと行動することが楽しいと思うようになっていったんです」

この十年間、従兄と出掛ける以外は自由に外に出られなかった絢音にとって、日坂と訪れる店はとても新鮮だったのだという。

だがそれはデートでも何でもなく、あくまでも優佳の足跡を辿る目的であり、彼女は外出を楽しんでしまっている自分にずっと罪悪感を抱いていたらしい。

それを聞いた日坂は、思わず口を挟んだ。

「渡瀬さん、それは――……」

「その一方で、わたしは優佳さんに関する明確な情報をつかめていないことに焦りをおぼえていました。日坂さんもご両親もとてもよくしてくださっているのに、結果を出せていない。それなのに水守先生に碰会の調査を依頼してくださったり、岡田先生のお見舞いの送迎までしていただいて……。本当に、何とお礼を言っていいか」

一度言葉を切った絢音が、顔を上げる。そして切実な眼差しで言った。

「出会ってからずっと、わたしは日坂さんに支えてもらう一方です。さっき地震が起きたときは、咄嗟に抱きしめて庇《かば》ってくださって……すごくうれしかった。パニックになっている外国人の方々に英語で呼びかけている姿も、とても頼りがいがあると感じました」

彼女は顔を上げると、日坂の目を見つめて告げた。

「わたしも、日坂さんが好きです。千里眼の能力があると知っても特別視せず、あくまでも一人の女性として対等に扱ってくれるところに、深く安堵《あんど》しました。あなたの年齢相応の落ち着きや穏やかさ、誠実さに、いつしか慕わしい気持ちを抱いていたんです」

絢音が明確にこちらへの恋愛感情があるのだとわかり、日坂の胸に歓喜の感情が広がる。彼女がじんわりと頬を染め、言葉を続けた。

「でも、自分が何を優先するべきかはよくわかっています。好きだからといってどうこうなりたいというわけではなくて、ただ気持ちを伝えたかっただけで……」

「俺も同じだよ。ただ自分の気持ちを抑えておけなくて、渡瀬さんに伝えた。君は世間慣れしていなくて、もちろん恋愛経験もないだろうし、出会って半月しか経っていない俺に急にそんなことを言われても困るだろう。だから『今すぐ返事が欲しいとは思わない』と言ったけど、まさか君も同じ想いでいてくれたとは思わなかった」

日坂は微笑み、絢音を見下ろして告げる。

「うれしいよ。ずっと仕事優先で、恋愛からはだいぶ遠ざかっていたのに、今は心が浮き立ってる。現金なものだな」

「わたしも……日坂さんと同じ気持ちで、うれしいです」

かすかに頬を染める様子が可愛らしく、日坂は面映ゆさを噛みしめる。

想いを確かめ合い、じわじわと幸せがこみ上げていた。とはいえ初心な彼女との距離を急に詰めるつもりはなく、穏やかに告げる。

「帰ろうか。たぶんエレベーターが普通に使えるようになってるはずだから」

「はい」

五十一階までの直通エレベーターではなく、別のエレベーターに乗り込むと、中は無人だった。階層パネルの一階を押した途端、箱が緩やかに下降を始める。何気なく隣に立つ絢音を見下ろしたところ、こちらを見上げていた彼女と目が合った。

その可憐な美貌、自分への恋情を湛えた瞳を目の当たりにするとぐっと気持ちを引き寄せられ、わずかに身を屈めた日坂は絢音の唇に触れるだけのキスをした。

「――……」

彼女が驚いたように目を見開き、日坂をまじまじと見つめる。そして呆然とつぶやいった。

「日坂さん、今の……」

「ごめん。君が可愛くて、我慢できなかった」

行動した傍から後悔がこみ上げて、日坂は重ねて告げる。

「渡瀬さんの同意も得ず、急にこんなことをするなんて最低だな。本当に申し訳ない」

「謝らないでください。わたし、全然嫌じゃありませんでしたから」

絢音は「それに」と続け、恥ずかしそうに言う。

「キスって、こんな感じなんですね。初めてだったんですけど、相手が日坂さんでよかったです」

「……っ」

不意打ちのようにそんなことを言われ、日坂の顔が仄かに熱を持つ。

思わず口元を手で覆いながら、下降するエレベーターの中でつぶやいた。

「君は本当に純粋なんだな。他の男にそういう部分を見せてしまったら、あっという間に食い物にされそうだ」

「でも、相手は日坂さんですし」

「俺だって男だよ。人並みに欲もある」

「欲……」

すぐに理解できなかった様子の彼女だったが、ふいにその意味に思い当たったのか、パッと赤面する。そして日坂を見つめ、しどろもどろに言った。

「あの、日坂さん、わたし……」

その表情がおかしくて、日坂は思わず噴き出す。そして衝動的な自らの行動を反省しつつ、絢音に向かって告げた。

「そんな顔をするな。別に取って食いやしないから」

「でも」

「渡瀬さんを大切にしたい。だから怖がらせないように、ちゃんと段階を踏むよ」

その言葉を聞いた彼女が、目に見えてホッとする。それを見つめ、日坂は笑って提案した。

「とりあえずは、手を繋いでみるのはどうかな。いつまた地震が起きるかもわからないし、何か危険が迫ってもすぐに対処できる。いいことづくめだ」

絢音はびっくりしたように眉を上げたものの、やがて頬を緩める。

彼女は日坂が差し伸べた手に自らのそれを重ね、どこか気恥ずかしそうに応えた。

「……はい」

第四章

十月に入って数日が経つが、今年は残暑が厳しく日中は汗ばむ陽気が続いている。しかし夜になるとぐっと気温が下がり、二十度を下回るようになって、少しずつ秋の気配が近づいてきているのを感じていた。

日坂邸で与えられた一室の窓辺に佇《たたず》む絢音は、物思いに沈む。天堂家を飛び出して、今日で二十日が経過していた。

日坂家に世話になるようになってからは、当然ながら〝千里眼の巫女〟としての仕事はしておらず、十年にも亘って続けてきた日常から脱却したことが少しずつ実感として湧いてきていた。

この家での絢音は、基本的に自由だ。日中は千佐子に誘われてお茶を飲んだり、百貨店の外商を呼んでの彼女の買い物に同席したりする。昨日は千佐子の友人だという倉成《くらなり》夫人とその娘が屋敷に遊びに来て、彼女たちを紹介してくれた。

『渡瀬さん、こちらは倉成病院の院長夫人でいらっしゃる麻衣子《まいこ》さん。そしてお嬢さんの詠美《えいみ》さんよ』

『は、初めまして』

どうやら千佐子は、自分たち以外の人間に会うことが絢音の気晴らしになると考え、紹介してくれたらしい。

倉成夫人はふくよかな体型の朗らかな女性で、娘の詠美はやや内気ではあるものの優しげな雰囲気の持ち主であり、お茶会は穏やかに進んだ。千佐子は絢音について、遠縁の子を一時的に預っていると説明し、詠美に「よければ友人になってあげてほしい」と持ちかけたところ、彼女はそれを快諾した。

近いうちにまた日坂家の屋敷を訪問すると約束した詠美の顔を思い出し、絢音は微笑む。

(わたし、これまで同年代の友人がいなかったから、詠美さんにああ言ってもらえてうれしい。会えてよかった)

千佐子と一緒に過ごす以外の時間帯、絢音は優佳の私室で遺品に残る記憶を探ったり、該当する場所を日坂から貸与されたノートパソコンやスマートフォンで検索している。

彼からは「どこかに出掛けたい場合は、遠慮なく言ってくれ」「ただし安全性を考えて、日坂家《うち》の車を使ってくれると助かる」と言われていたものの、絢音は外で日坂と待ち合わせる以外の外出を控えていた。

理由は、伯父や従兄の祐成が自分を血眼になって探しているのがわかるからだ。これまで絢音の千里眼を餌《えさ》に巨額のお金を集め、贅を尽くした暮らしをしていた彼らは、おそらく金づるがいなくなって相当焦っている。

〝千里眼の巫女〟が不在の今、これまで入っていた予約はすべてキャンセルせざるを得ないため、金額的にかなりの損失だろう。もしかすると顧客との信用問題に発展しているかもしれず、何が何でも絢音を連れ戻そうとしているのは容易に想像ができた。

(あの家から離れてみると、いかに自分が異常な環境に置かれていたのかがよくわかる。今みたいに何でも自分の意思で決められるのが普通なのに、わたしにはずっと自由がなかった)

高価な着物を着せられて暮らしぶりこそ豊かだったものの、絢音の傍には常に祐成か伯父夫婦がいて、行動のすべてを監視されていた。

学校から遠ざけられ、テレビやネット環境を遮断されて、許されるのは文学作品を読んだり画集を眺めることだけだ。屋敷から出るのは許されず、毎日三人ほどの顧客と会って千里眼を使うことを強要され、たとえ体力をひどく消耗してもその日の予約は必ずこなさなければならない。

彼らの性質《たち》の悪いところは、あくまでも優しい親族を装っていたことだ。「外の世界は危ない」「絢音の千里眼の能力を狙い、拉致しようと目論む者たちがいる」とささやき、自分たちこそが絢音の唯一の味方なのだと偽って、屋敷に閉じ込めるのを正当化した。

十年ものあいだそんな暮らしを続けてきたものの、絢音は金銭的な対価を一切受け取っていない。つまり長きに亘って労働を搾取されてきたことになり、「それは違法です」と水守に断言されたとき、何ともいえない気持ちになった。

現在は岡田の退院を待ちつつ、水守に磴会の財務状況について調べてもらっている。その費用は日坂家が持つと当主の圭祐から申し出があり、絢音は深く感謝していた。

(日坂さんのご両親は、突然やって来た見ず知らずのわたしに本当に親切にしてくれる。金銭的な面だけじゃなくて、心にもゆとりがある方たちなんだ)

もっとも親身になってくれているのは日坂で、彼の顔を思い浮かべた絢音の頬がかすかに熱を持つ。

日坂から想いを伝えられたのは、五日前だった。出先で突然地震に遭い、ひどく動揺する絢音とは裏腹に、彼は落ち着いて行動しているところが頼もしかった。

日坂は絢音の謙虚なところや素直なところを好ましく思い、いつしか一緒に過ごす時間を心地よく感じるようになっていたらしい。

そして「同情でも利害関係でもなく、恋愛感情で君のことが好きだ」と告白してくれ、絢音は驚きに言葉を失くした。

出会ったときからずっと親身になってくれた彼を、本当は異性として特別に思っていたものの、その事実は隠さなければならないと考えていた。

家柄と容姿に優れた日坂には、きっと縁談が次々ときているに違いない。そもそも自分が日坂家に身を寄せているのは優佳の自死の原因を特定するためであり、傍にいるのは期間限定だったはずなのに、まさか彼がこちらを好きでいてくれるとは思わなかった。

（でも……）

驚きの次に絢音の心に広がったのは、ときめきだった。

自分が密《ひそ》かに想いを寄せていた人が、同じように想ってくれている。それが得難い奇跡に感じ、胸が震えた。

その日、日坂はエレベーターの中でキスをしてきて、絢音はドキドキした。彼は恋愛初心者である絢音を慮って「段階を踏む」と言ってくれ、屋敷に戻るタクシーの中でずっと手を繋いでいてくれた。

あれから一週間、自分たちの間の雰囲気はぐっと甘さを増した。日坂の部屋で手掛かりについて打ち合わせをしたあと、自室に戻ろうとする絢音の髪に彼が「おやすみ」とキスをするようになったり、一緒に出掛けたときに当然のように手を繋ぐようになり、そのたびに胸が高鳴ってしまう。

日坂の整った顔立ちや涼やかな目元、男らしい体型に見惚《みと》れることが多くなり、手を繋がれると心まできゅうっとした。

（わたし、日坂さんが好き。今まで誰かをこんなふうに思ったことはなかったけど、きっとこれが恋なんだ）

ただ一緒にいるだけでうれしくて、彼を前にするとつい笑顔になる。そんな絢音を日坂は優しい目で見つめてくれ、甘やかな気持ちは日に日に増す一方だった。

今日の彼は終業後に取引先との会食があるらしく、絢音は屋敷で一人で過ごしている。圭祐と千佐子は知人が主催するパーティーに夫婦で出掛けており、帰宅が遅いらしい。

そのため、家政婦が作ってくれた夕食を食べたあと、絢音は彼女たちが帰っていくのを見届けて午後八時半に自室に戻った。

（日坂さんも帰りが遅いなら、もうお風呂に入っちゃおうかな。それとも、パソコン

でいろいろ調べようか）

天堂家の屋敷を出てから二十日余り、テレビやパソコンでさまざまな情報に触れることができるようになった絢音は、自分の中の世界が広がったのを感じていた。

改めて自分がいかに閉塞的な環境で生きてきたかを実感し、十年という月日を無駄にした事実にやるせない気持ちがこみ上げる。ネットに溢れる膨大な情報の一端に触れた絢音は、「学び直したい」と考えていた。

（天堂家との問題が片づいて本当の自由を手に入れることができたら、中学や高校の勉強をしたいな。世間の人と同じくらいの知識を身につけたい）

調べてみると、不登校などで学校に通えなかった人のため、オンラインスクールや通信制高校などで勉強するという方法があるという。

これまで屋敷に閉じこもっていたことを思うと、大勢の中に入っていくのは正直言って怖い。それでも興味があり、集中して調べているうちに三十分ほどが経過していた。

するとふいにドアをノックする音が響き、我に返った絢音は顔を上げて返事をする。

「はい」

「俺だ」

廊下から日坂の声が響き、絢音は立ち上がって部屋のドアを開ける。

するとスーツ姿の彼が廊下にいて、こちらを見下ろして言った。

「ただいま。今帰ってきたら、君の部屋の灯《あか》りがドアの隙間から漏れているのに気づいて、ノックしてみたんだ」

絢音は微笑んで答える。

「おかえりなさい。意外に早いお帰りだったんですね」

「実は母さんから、『今日、私と圭祐さんは中峯《なかみね》さんのところのパーティーに行くから、なるべく早く帰ってあげてちょうだいね』と連絡がきていたんだ。家政婦さんたちは午後八時半で帰ってしまうし、渡瀬さんが一人になるのを心配したらしい」

確かに屋敷に赤の他人である絢音が一人になってしまったら、いろいろと心配だろう。そう考え、絢音が「申し訳ありません」と謝ると、日坂がすかさず言った。

「誤解しないでくれ。母さんは君が一人で屋敷にいるのが心細いのではないかと考えて、そう言っていただけだよ。渡瀬さんのことをすっかり気に入って、過保護になっているみたいだ」

確かに今日、パーティーに出掛ける前に千佐子から「渡瀬さんも私たちと一緒に行かない？」と熱心に誘われていた。

だが絢音は今までそうした場に出席したことがなく、ひどく敷居が高い。

（それに……）

富裕層のパーティーならば、招待客の中に磴会の顧客がいる可能性が高いのではないかと絢音は考えていた。

千里眼で視てもらう場合の対価は非常に高額なため、顧客はおのずと政財界の人間に限られている。もしかすると絢音の姿を目撃した人間がそれを天堂家に伝えるかもしれず、現在の居場所が知れてしまうかもしれない危険性がある――そう説明したところ、日坂が頷いて答えた。

「確かにその可能性はあるな。天堂家は、きっと必死になって君を捜しているだろうし」

「だから千佐子さんのお誘いを、お断りさせていただいたんです。いつも気遣ってくださって、わたしをいろいろなところに連れ歩こうとしてくださるのはありがたいのですけど、やはり伯父や従兄のことが気になってしまって」

長年住んできた目白の屋敷ならば遠隔で透視するのは容易《たやす》いが、絢音はあえてそれをしていない。

天堂家から距離を置いた途端、これまでいかに自分が歪《いびつ》な暮らしを強いられてきたのかを痛感し、思い出すのがひどく苦痛になっていた。祐成に電話したときにわざと弁護士の岡田の名前を出したため、おそらく彼らは絢音の捜索願を出していない。

むしろ自分たちのこれまでの所業が明るみに出るのを恐れ、手をこまねいているだろう。千里眼を使って確かめてはいないが、そんな気がしていた。

だが絢音がいなければ磴会の活動が立ち行かなくなり、人を使って行方を捜しているのは容易に想像ができる。

（もしかすると、日坂家に迷惑がかかってしまうかも。……そうならないためには、早くこのお屋敷を出ていくべきだよね）

何度考えてもそんな結論に辿りつくのに、絢音が行動に移せないのは、日坂の存在があるからだ。

彼に告白されてから一週間、互いの間の空気がぐっと甘くなり、絢音の心はときめきで満ちている。日坂の端整な顔、低く優しい声、落ち着いた立ち居振る舞いにドキドキし、二人で過ごす時間を心待ちにしていた。

その気持ちは紛れもなく恋だが、そうしたことに現《うつつ》を抜かす自分に後ろめたさもおぼえる。

（日坂のさんのご両親はわたしにすごく優しくしてくれるけど、自分たちの息子と恋愛関係になるのには反対なんじゃないかな。本当はわたしの千里眼の力を気持ち悪く思っているかもしれないし、家柄だって釣り合ってないし）

母の実家である天堂家は非常に裕福だが、それは祖母の御影と絢音が千里眼で築いた財によるものだ。

由緒正しい名家である日坂家からすれば成金と変わりなく、もしかすると胡散臭《うさんくさ》い新興宗教のように見えているかもしれない。彼らがそんな家の娘である絢音は息子にふさわしくないと考える可能性は、充分にある。

そんなふうに考える絢音をよそに、こちらの肩越しに室内の様子を見た日坂が問いかけてきた。

「何か調べ物をしていたのか？　優佳の遺品からどこかの場所が視えたとか」

「違うんです。あの、オンラインスクールや通信制高校について調べていて」

中学高校と学校に通えなかったことは絢音のコンプレックスであり、天堂家の問題が片づいたあとに勉強がしたいと考えていた。

そう説明すると、ソファに座ってそのウェブサイトを覗《のぞ》き込んだ彼が微笑んで言う。

「君に勉強したいという意欲があるなら、いいと思うよ。俺は応援する」

「大勢の人が集まるところに行くのは少し怖いので、オンラインならどうかと思ったのですけど」

「そうだな。今はいろいろなやり方があるから、自分に合った勉強方法を模索するといい」

隣り合って座る日坂とふいに視線が合い、絢音はドキリとする。

（あ、……）

わずかに前髪が掛かる彼の目元は涼やかで、目が離せなくなった。すると日坂が腕を伸ばし、絢音の頬に触れながらささやくように言う。

「そんな目で見られたら、うっかり自制心の箍《たが》が外れてしまいそうになる。せっかく段階を踏もうとしてるのに」

「あの……」

確かに告白してきた日に彼と初めてキスをしたが、その後は唇ではなく髪にしたり、軽く抱き寄せたり手を繋ぐなど、控えめな接触に留《とど》まっている。

これまで恋愛経験がない絢音にとっては、たったそれだけの接触でもいっぱいいっぱいだが、ほんの少し物足りなさがあるのも否めなかった。絢音は言葉を選びながら言った。

「日坂さんに触れられるとドキドキしますし、これ以上進むことに怖い気持ちもあります。でも……その反面、もっと近くに行きたくてたまらなくなるんです。これって我儘《わがまま》なんでしょうか」

「君の中に俺を好きな気持ちがあるなら、それは当然の感情じゃないかな」

「日坂さんも……？」

「もちろん。俺は君が好きだから、触れたい欲求はあるよ」

それを聞いた途端、絢音の心臓の鼓動が速まる。

大人の男女のつきあいなら、これ以上の行為があって当たり前だ。社会経験のない絢音にも一応そうした知識はあって、「自分は日坂に我慢させてしまっているのかもしれない」と頭の隅で考える。

（だったら……）

自分も成人済みの大人の女性として、一歩踏み出してもいいのではないか。

そんな思いがこみ上げ、絢音は日坂の顔を見つめつつ意を決して言う。

「あの……じゃあ、触れていただけませんか」

「えっ？」

「わたしは日坂さんが好きですから、もっとあなたに近づきたいんです。誰かに対してこんなふうに思うのは初めてですけど、でも決して嘘じゃありません」

勢い込んでそう言うと、彼が驚いたように眉を上げる。

絢音からすれば清水《きよみず》の舞台から飛び降りるような気持ちで発した言葉だったが、日坂が突然噴き出しながらこちらを見た。

「そんなふうに、妙に意気込まれてもな。君はこれ以上関係を進めた場合、一体どんなことをするのかちゃんとわかってるか？」

「も、もちろんです。わたし、そこまで子どもじゃありません」

「このあいだは、少し匂わせただけでどぎまぎしていたのに？」

「それは……」

絢音は口ごもり、モソモソと答える。

「あのときはいきなりでしたから、心構えがなくて……。でも今は違います。日坂さんのことが好きで、世間一般にいわれるような本当の恋人になりたいって思っています」

するとを取り巻く空気が、わずかに変わる。

日坂の大きな手が頬に触れ、心臓が跳ねた。彼は熱情を押し殺した目でこちらを見つめ、ささやいた。

「そこまで言うなら、本気にするよ。ちょうど今は、この屋敷に俺と渡瀬さんしかいないし」

「は、はい」

「じゃあ、キスからだ」

日坂の秀麗な顔が近づき、唇に触れるだけのキスをされる。

思いのほか柔らかい感触に陶然としたのも束の間、唇の合わせを舌先でチロリと舐《な》められ、かあっと頬が熱くなった。

ゆるゆると舌先を動かされ、絢音は条件反射のようにわずかに唇を開く。すると彼の舌がそっと口腔《こうくう》に忍び込み、思わず吐息を漏らした。

「は……っ」

こちらを怖がらせないようにという配慮なのか、日坂は焦らずにキスを深くしていった。緩やかに絡められ、ぬめる感触にじわじわと体温が上がる。他人の舌の感触と温かな息遣いは鮮烈で、絢音は何も考えられなくなった。

やがてどのくらいの時間が経ったのか、ようやく唇を離されたときはすっかり目が潤んでいた。そんな絢音を見つめた日坂が、吐息の触れる距離で問いかけてくる。

「平気か?」

「……っ、はい」

「俺の部屋のベッドに行こうか」

手を取って誘《いざな》われ、絢音は夢見心地で自室を出て廊下を進んだ。彼の部屋にはこの屋敷に来てから何度も入ったことがあり、室内の様子はわかっている。

今まで何気なく見ていた日坂のベッドでこれからすることを思うと、頬が熱くなった。だが、逃げたい気持ちは一切ない。もっと彼に近づきたくて、今までとは違う顔を知りたくて、たまらなくなっている。

「あ……っ」

部屋に入るなり身体を引き寄せられ、腕の中に抱きしめられた絢音は息をのんだ。日坂の身体は大きく、スーツ越しに硬い筋肉の感触がつぶさに伝わってきて、女性とはまったく違うことに驚きをおぼえる。

そのまま唇を塞がれ、最初から深いキスに翻弄された。ベッドに押し倒され、覆い被さってきた彼の手が胸のふくらみに触れる。

キスの合間、絢音は息を乱しながら「あの」と口を開いた。

「ん？」

「わたし、どうしたら……」

身の置き所のない気持ちでそう問いかけると、日坂が笑って答える。

「何もしなくていいよ。俺がすることに、素直に声を上げてくれればいい」

「あ……っ」

首筋に彼の唇を感じ、かすかな吐息に肌が粟立《あわだ》つ。

日坂の手は決して乱暴ではなく、こうした行為が初めての絢音を時間をかけて溶かした。触れ合う素肌の感触、彼の身体の重さ、体温に陶然とする。

気がつけば切れ切れに声を漏らしており、絢音が上気した顔で日坂を見上げると、彼がこちらを見下ろして言った。

「可愛い――絢音」

日坂が中に押し入ってきたとき、強烈な圧迫感と痛みに、絢音は思わず呻《うめ》いた。

すると彼はこちらを気遣って少しずつ進み、すべてを受け入れたときはすっかり汗だくになっている。

ポロリと零《こぼ》れた涙を唇で吸い取った日坂もまた、額にじんわりと汗をかいていた。

絢音の内部が馴染むまで動かずにいた彼は、やがて浅い呼吸をするこちらを見下ろしてささやく。

「――動くよ」

「あ……っ！」

緩やかに突き上げられると圧迫感が強まり、絢音は握り合わせられた手に力を込める。

少しずつ激しくなる動きに翻弄され、声を我慢するのが難しくなった。日坂の熱を孕《はら》んだ眼差し、男らしい身体、押し殺した息遣いには大人の男の色気がにじんでおり、胸がいっぱいになる。

こんなにもきれいな男性が自分を好きで、こうして身体を繋げている――その事実に身体の奥が甘く疼《うず》き、絢音は彼に向かって呼びかけた。

「……日坂さん……好き……っ」

「……っ、俺もだ」

行為が終わったあと、疲れ果てた絢音は束の間微睡《まどろ》んでいたらしい。

気がつくと日坂の裸の胸に深く抱き込まれていて、心臓が跳ねた。わずかな身じろぎで絢音が起きたのに気づいた彼が、髪を撫でながら声をかけてくる。

「起きたのか。身体は平気か?」

「あの、すみません、わたし……」

互いに裸なのが恥ずかしくて日坂の胸で顔を隠すと、彼がクスリと笑って言う。

「そういう可愛いことをされると、また触れたくなるよ」

「も、もう充分ですから……」

「ははっ」

日坂が珍しく声を上げて笑い、絢音はじんわりとした幸せを感じる。

身体の奥にはまだ彼が入っているかのような異物感があり、鈍い痛みもあるが、それを凌駕《りょうが》するほどの甘い気持ちで満ちていた。

（……わたし、本当に日坂さんとしちゃったんだ）

籠の鳥のような暮らしから一転、日坂と出会い、こうして恋人になれたことに深い感慨がこみ上げる。肌を合わせた途端、今まで以上に距離がぐっと近づいた気がするのが不思議だった。

それは彼のほうも同じらしく、絢音の身体を抱き寄せて髪に鼻先を埋《うず》めながら言う。

「君とこういう関係になれて、うれしい。もっと時間がかかるかと思っていたから」

「わたしも……うれしいです。日坂さんに我慢をさせているんじゃないかって思っていたので」

「その呼び方だけど、そろそろやめないか？」

「えっ」

「苗字呼びだと、他人行儀に聞こえる」

絢音はドキドキしつつ問いかけた。

「……哉さん、ってお呼びすればいいですか？」

「ああ」

日坂が指通りを確かめるようにこちらの黒髪を梳き、笑って告げた。

「絢音は俺の恋人になったんだから、気兼ねせずこの屋敷にいてほしい。優佳について調べるのを、自分の義務だとか思わなくていいから」

「でも……」

「今度は調査目的じゃなく、純粋な彼氏彼女として出掛けよう。どんなところでもエスコートするよ」

彼が自分を思いやってそう提案してくれているのだとわかり、絢音は目の前の身体に強く抱きつく。そして日坂の匂いを胸いっぱいに吸い込んでささやいた。

「哉さんのことが……すごく好きです。千里眼で視る以外に他人と関わらずに生きてきたわたしが、こんなにも誰かを好きになれるなんて思いませんでした」

「俺もだよ。絢音を見ていると優しくしたい気持ちがどんどんこみ上げて、たまらなくなる。これまでは仕事一辺倒の朴念仁《ぼくねんじん》だったのにな」

彼が抱きしめる腕の力を緩め、額にキスをして提案する。

「両親が帰ってくるかもしれないから、その前に一緒に風呂に入ろうか」

「い、一緒にですか？」

「ああ。恋人同士なんだから、そのくらい普通だろう」

普通——と言われると断れず、絢音は渋々「はい」と答える。

彼が起き上がり、床に落ちていた自身のワイシャツを手渡してくれて、絢音はその大きさに感心しながら身に着けた。

部屋を出ようとした瞬間、日坂がおもむろに頭を引き寄せてきて、驚きに息をのむ。

彼が肩口に絢音を抱き寄せ、耳元でささやいた。

「君を大切にする。——たとえ伯父一家が絢音を取り返そうとしても、必ず守るから」

それを聞いた絢音は、胸がじんと震えるのを感じつつ日坂の身体を抱き返す。そして男らしい背中に触れ、小さく答えた。

「はい。……こちらこそ、よろしくお願いします」

＊　＊　＊

経営戦略部の仕事の一環として、外部企業とのアライアンス提案がある。

企業同士が利益達成のために協力することをいい、今後会社がどのように事業の幅を広げていくかを想定しながら提案しなければならないため、日坂は自身のデスクでパソコンに向かいながらレジュメをまとめていた。

（今日はこのあとリサーチ会社から届いた市場調査の結果を精査して、エネルギーソリューション本部と打ち合わせをしたら終わりかな。六時には帰れそうか）

一旦手を止めてスマートフォンを手に取った日坂は、絢音にメッセージを送る。

すると程なくして返事がきて、それを読んだ途端思わず頬が緩んだ。出会った当初はパソコンやスマートフォンの扱いが覚束なかった彼女だが、今はだいぶ使いこなせるようになっており、今回のメッセージには大喜びするキャラクターのスタンプが添えられている。

仕事中にこんなやり取りをして微笑むなど、少し前までの自分では考えられなかったことだ。だがここ最近は、久しぶりの恋愛に柄にもなく心が浮き立っていた。

日坂が絢音を初めて抱いたのは、一週間前の話だ。本当はもっと時間をかけて関係を進めようと思っていたが、彼女のほうから強く迫ってきてそういう展開になった。

十一歳のときから十年間、天堂家で軟禁生活を送ってきたという絢音には恋愛経験がない。だが彼女は日坂に真っすぐな愛情を向けてくれ、その純真さや可憐さに惹かれていく一方だった。

初めて抱いた絢音の身体は美しく、初々しい反応で、日坂は自制するのに苦労した。なるべく痛みを与えないように丁寧に抱いたつもりだが、情事の最中に顔を歪めていたため、やはり苦痛はあったのだろう。

だが肌を合わせて得られる心の充足は言葉にできないほど甘美で、とても満ち足りた時間だった。それは彼女のほうも同じだったらしく、言葉や態度で想いを伝えてきてくれ、日坂はぐっと気持ちをつかまれた。

あれから一週間、日坂は日を置かずに絢音を抱いている。一度触れると我慢が効かなくなり、一緒にいるとつい絢音を抱き寄せてしまうが、彼女は決して拒まない。

最初こそ苦痛の色を見せていた彼女だが、回を増すごとに反応がよくなり、加速度的に互いに夢中になっているのを感じていた。日坂が仕事が終わったあとに外で待ち合わせ、食事をしたあとにホテルで抱き合う日々が続いている。

(俺は絢音との関係を両親に隠す気はないが、伝えるにはまだタイミングが悪い。彼女を屋敷に滞在させているのは伯父一家に搾取されている状況から保護するのが目的だったし、そんな相手に手を出したと知れれば、父さんも母さんもきっと眉をひそめ

るだろう）

どうやら絢音も両親に対して遠慮があるようで、自分との関係に幾分腰が引けているのを日坂は感じていた。

財界においての日坂家は名家といわれる家系で、屋敷もそれなりに大きい。もしかすると絢音が気にしているのは、そうした家柄だろうか。それとも自分との九歳の歳の差か――そう考え、日坂は悶々《もんもん》とする。

（今は仕事中だ。こんなことを考えている場合じゃない）

意識して絢音のことを頭の中から排除し、日坂は目の前の仕事に集中する。

その後、予定どおり六時に仕事を終えて退勤した。エレベーターで一階に降りた日坂は、そのまま社屋から出る。

そして道路脇にハザードランプを点滅させて停車していた日坂家の車に歩み寄り、後部座席の窓をコンと叩《たた》いた。するとドアが開き、中から絢音が出てきて、微笑んで言う。

「おかえりなさい、哉さん」

「ただいま」

外に一人でいさせるのは危険なため、以前は会社のロビーで待ってもらっていたが、如何《いかん》せん絢音は人目を引く美貌の持ち主だ。

男性社員たちにチラチラ見られることが多い上、常務である日坂が話しかけているのを目撃されてからは少々噂になってしまったのもあり、ここ数日は自宅から送ってきた車の中で待たせていた。

絢音の手を引いて車から降りるのを手伝ってやった日坂は、車内を覗き込むと五十代のお抱え運転手に向かって告げた。

「鈴木《すずき》さん、ご苦労さま。もう屋敷に戻ってくれ」

「かしこまりました」

黒塗りの車が走り去っていき、日坂は改めて絢音に向き直る。

今日の彼女はふくらんだ袖口が印象的な黒のチュールブラウスにドット柄のフレアスカートを合わせた上品なスタイルで、小さなハンドバッグと形のきれいなパンプスがいかにもお嬢さま然とした雰囲気を醸し出していた。

「今日の服装も可愛いな」

「千佐子さんが全部選んでくださっているんです。百貨店の外商さんを呼んで、たくさん購入してくださって。せめて代金を受け取ってくれるといいんですけど」

「素直に甘えればいいよ。母さんは、君の世話をするのが楽しいようだから」

日坂の母親の千佐子は絢音の境遇に深く同情し、何くれとなく世話を焼いている。おそらく絢音が控えめな性格で常に感謝の気持ちを忘れないため、余計に構いたくなっているのだろう。もしかすると亡くなった自分の娘の姿を重ね合わせているのかもしれず、日坂は特に意見することなく好きにさせていた。

「今日はどこに行くんですか？」

「赤坂のコンサートホールだ。タクシーで移動しよう」

午後七時から行われたのは国内の有名交響楽団のクラシックコンサートで、約二時間のプログラムを愉しんだ。

絢音は大迫力の演奏を終始目を瞠りながら鑑賞し、感嘆のため息を漏らして言う。

「わたし、クラシックのコンサートは初めて聴きました。こんなにも迫力があるんですね」

「今日は常任指揮者の指揮だったけど、外国のマエストロだと曲の解釈が違って、それも楽しいよ」

彼女の反応は素直で、目の前のプログラムを愉しんでいることがその眼差しから如実に感じられ、日坂は微笑ましい気持ちになる。

これまで抑圧されながら生活してきた絢音に、いろいろなことを教えてあげたい。

自分と一緒にいるときは、常に笑顔でいてほしい――そんな気持ちでいっぱいだった。

　やがて公演が終わり、赤坂見附《あかさかみつけ》にある焼き鳥店に移動する。そこはモダンでありながら高級感のある造りで、鹿児島《かごしま》から取り寄せた地鶏の焼き鳥と日本酒の豊富な品揃《しなぞろ》えが自慢の隠れ家的名店だ。絢音は口当たりのいい微発泡の酒を一口飲み、眉を上げて言った。

「美味しい。甘酸っぱくて、まるでシャンパンみたいです」

「瓶内二次発酵で造られているから、日本酒だけど造り方としてはシャンパンと同じなんだそうだ」

　焼き鳥を食べながら先ほどのコンサートの演目について話すうち、酒が進む。

　彼女が飲んでいるのはアルコール度数が五パーセントと低めのものだったが、元々酒への耐性が低いために酔ってしまったらしい。店を出る頃にはかなり酩酊《めいてい》していて、日坂は絢音の身体を支えて言った。

「大丈夫か？　途中で止めるべきだったのに、タイミングを逃した」

「大丈夫です。ちょっとふらつきますけど、気分は悪くないので」

　店の外に出ると、雑多な匂いのする風が吹き抜ける。

　藍色の空には星が瞬き、猫が爪で引っ掻《か》いたように細い月が浮かんでいた。彼女がこちらを見上げ、ふいに「ふふっ」と笑って、不思議に思った日坂は問いかける。

「どうした？」

「お店の中にいた女性の二人客、哉さんのことをチラチラ見ながら『かっこいいよね』って話してました。わたし、それを見たらすごく誇らしくて。こんなに素敵な人が自分の恋人だなんて、今も信じられないです」

ほんのり酒気を帯びた顔で笑う絢音は天真爛漫で、日坂もつい微笑みながら答える。

「絢音は自分の価値が、まったくわかっていないんだな。衆目を集めるという意味では、君のほうがすごいよ。街中を歩けば大抵の男が目を奪われている」

「そうなんですか？」

「ああ」

千里眼という常人ならざる力を持っているせいか、絢音にはどこか浮世離れした雰囲気がある。

真っすぐでサラサラの黒髪、百合の花を思わせる清楚な美貌、ほっそりと優雅な肢体など、まるで名工が丹精込めて造った人形のような美しさを醸し出していた。その一方、性格は素直で屈託がなく、純粋培養ならではの清らかさがあって、日坂を魅了してやまない。

自分より頭ひとつ分低い彼女を見下ろし、日坂はその頬を撫でて言った。

「帰ろうか。あまり遅くなっては、うちの両親が心配する」

「はい」


広尾にある自宅までは、タクシーで十五分ほどだった。

帰宅すると千佐子がまだ起きていて、「おかえりなさい」と声をかけてくる。今日はクラシックのコンサートに行ったことを伝えると、彼女は残念そうに言った。

「あら、そのプログラムだったら、私も行きたかったわ。誘ってくれてもよかったのに」

「次の機会に声をかけるよ」

まだ千佐子と話している絢音を置いて一足先に二階に上がった日坂は、シャワーを浴びる。

濡れ髪をタオルで拭きながらウイスキーをストレートでグラスに注ぎ、ソファに座ってニュース番組を見ていると、三十分ほどして部屋の扉がノックされた。

「はい」

ドアを開けたところ、そこには寝間着姿の絢音が立っている。

彼女を自室に招き入れ、ドアを閉めた日坂は、微笑んで問いかけた。

「絢音は酔っていたし、てっきり部屋でそのまま寝てしまうかと思ってたんだが」

「……っ、哉さんが、『あとで俺の部屋においで』って言ったんじゃないですか」

確かにタクシーから降りて屋敷に入る直前、日坂は絢音の耳元でそうささやいた。

酩酊《めいてい》していた彼女がこの部屋に来る確率は半々だったが、どうやら覚えていたらしい。風呂上がりの絢音はまだ湿り気の残る髪を緩くまとめていて、メイクをしていない顔がいつもより幾分あどけなく見えた。

少女めいたその姿は可愛らしく、日坂は彼女の身体を抱き寄せる。

「あ……っ」

顎をつかみ、上から覆い被さるように唇を塞ぐ。

口腔に押し入って舌を絡めると、小さなそれがおずおずと応えてきた。口づけはすぐに熱を帯び、絢音が縋《すが》るようにこちらの腕をぎゅっとつかんでくる。唇を離した途端、彼女は息を乱しながら言った。

「何だかお酒の味がします……」

「ウイスキーを飲んでたからな」

「せっかく少し酔いが醒《さ》めてきたところだったのに、また酔ってしまいそうです」

絢音が目を潤ませながらそんなことを言ってきて、日坂はその華奢《きゃしゃ》な身体をひょいと抱き上げて告げる。

「そうか。だったら横になって休んだほうがいい」

「えっ？　ぁ……っ」

部屋の奥に進み、絢音の身体をセミダブルのベッドの上に下ろす。

そのまま覆い被さる日坂に、彼女が慌てた顔で訴えてきた。

「哉さん、今日はご両親がいらっしゃるんですから……っ」

「しっ。俺の部屋はこの階の一番奥で、両親の私室から離れている。君が声を我慢すれば気づかれることはないよ」

絢音の頬を手のひらで包み込み、首筋まで撫で下ろした途端、彼女の身体がビクッと震える。

胸のふくらみに鼻先を埋めると、ボディソープの清潔な匂いがした。絢音の寝間着はワンピースタイプで、日坂は生地越しに彼女の胸を愛撫《あいぶ》しながら長い裾をまくり上げる。

じっくりと身体を慣らすあいだ、絢音は必死に声を抑えていた。しかし日坂が慎重に中に押し入った瞬間、こらえきれずに呻きを漏らす。

「うぅ……っ」

熱く狭い彼女の内部は、日坂に得も言われぬ快感を与えた。

すべてを収めたあとで絢音の身体が落ち着くのを待ち、緩やかに律動を開始する。

絢音の表情には余裕がなく、普段は見せない艶っぽさがあって、日坂は思うさま貪り尽くしたい衝動を必死に抑えた。

彼女の白く優美な身体や甘い声、快楽に潤んだ瞳など、すべてに魅了されてならない。肌が馴染むほどに愛情が増して、気がつくと毎日のように絢音に触れてしまっている。

「……っ、哉、さん……っ」

声を抑えられなくなった絢音がきつくしがみついてきて、日坂はそれを抱き返す。

そして唇を塞ぎ、彼女の嬌声《きょうせい》を閉じ込めた。

「んん……っ」

絢音が喉奥からくぐもった声を漏らし、中の締めつけが断続的にきつくなる。

華奢な身体を腕の中に閉じ込め、思うさま突き上げながら、日坂は眩暈《めまい》がするような愉悦を味わった。やがて彼女の最奥で果てたとき、互いの身体はすっかり汗だくで、絢音がぐったりとシーツに身を横たえる。

「はぁっ……」

長い黒髪が乱れて白い肩に乱れ掛かっている様はしどけなく、再び欲望がもたげそうになったものの、日坂は理性でそれを抑える。

彼女の細い身体を抱き寄せると、素直に体重を預けてくるのがいとおしかった。絢音の乱れた髪を撫でながら、日坂は心地よい疲労をおぼえる。

そのときこちらの胸に顔を伏せていた彼女が視線を上げ、「そういえば」とつぶやいた。

「弁護士の岡田先生から、今日電話があったんです。病院から退院許可が出たって」

持病の手術を受けたあとの予後が思わしくなく、入院が長引いていた岡田だったが、明日ようやく退院するらしい。絢音が言葉を続けた。

「職場復帰したあとは、わたしが申し立てた人権救済に本格的に着手してくださるそうです。でも、さまざまなプロセスを経なければならないので、時間がかかるかもしれないとか」

彼女いわく、人権擁護委員会に人権救済を申し立てたあとは審査があり、その後調査が始まるという。

彼は入院中から事務所スタッフに指示して既にここまでの作業を終えており、今後は関係者へ事実関係の照会をしたり、どんな法令に抵触するかを慎重に調べるプロセスに移るらしい。

そうして集めた資料を基に、弁護士会内で充分な議論と検討を行い、人権侵犯者に対する措置が講じられるという。それを聞いた日坂は、考え込みながらつぶやいた。

「そうか。確かに君がこれまでどんな生活をしてきたかの裏付けが必要だろうから、時間はかかるだろうな」

「伯父一家への事情聴取も始まるそうですけど、何だか落ち着かなくて。岡田先生はわたしの居場所を絶対に明かさないとおっしゃってくれていますが、もし伯父や従兄が何らかの手段で突き止めた場合、哉さんやご両親に迷惑をかけてしまいます。ですからわたし、どこかのホテルに移動しようかと思うんです」

「それは駄目だ。君は極力一人になるべきではないし、ここにいるのが一番安全だよ」

日坂はきっぱりと断言し、絢音を見つめる。

「天堂家の財産は絢音やお祖母さんの千里眼の能力によってもたらされてきたものなんだから、彼らは簡単に手放すつもりはないだろう。おそらくどんな手を使っても君を連れ戻そうとするだろうし、今も水面下で動いているのは間違いないと思う」

絢音と岡田が繋がっているのは向こうも承知していて、彼が入院していたあいだは居場所がつかめていなかっただろうが、退院して出社するようになればその身辺を探るのは容易に想像ができる。

そんな中、彼女が岡田と接触するのは危険極まりなく、会う場所を慎重に考えるべきだ。日坂がそう提言すると、絢音が表情を引き締めて頷く。

「そうですね」

「前にも言ったが、俺や両親に迷惑をかけることについては考えなくていい。最初に話を聞いたときから、俺たちは絢音を損得勘定ではなく人として助けたいと思ってるんだから」

日坂は彼女を腕の中に抱き寄せ、「それに」と言葉を続けた。

「絢音のことは、俺が必ず守ると約束しただろう？　これまでの十年間、どんな生活をしてきたかを聞くだけでも心が痛いのに、また強欲な伯父一家の元に連れ戻されるなど、絶対に許す気はない」

華奢な身体を抱きしめる腕に力を込め、声に強い決意をにじませる一方、日坂は天堂家、特に絢音の従兄が彼女に執着する理由がわかる気がした。

（絢音の伯父は彼女を手元に囲い込むために自分の息子と結婚させようと画策していたというけど、従兄自身はそれを拒んでいなかったと言っていた。もしかすると彼は、絢音を異性として特別に思ってるのかもしれない）

千里眼という特殊な能力を差し引いても、絢音は類まれなる美貌の持ち主だ。しかも世間から隔絶して育てられた純粋培養で、彼女の持つ清らかさや素直さは普通の女性とは一線を画している。

そんな絢音に従兄が魅了されたとしても、何らおかしくない。だが彼女の現在の恋人である日坂は、他の男がそうした気持ちを抱いていると思うだけで強烈な対抗意識をおぼえた。

（とにかく天堂家に、絢音が見つからないようにしないと。普通の人間なら弁護士が入れば萎縮《いしゅく》しておとなしくなるだろうが、もし逆切れして彼女が拉致されたりしたら取り返しがつかない）

そんなふうに考える日坂を見上げ、絢音が微笑んで言った。

「哉さんが心配してくれるのは、すごくありがたいことだと思います。でもわたし、悲観的にはなっていません。だって本格的に人権救済の件が動き出して、わたしが伯父一家から解放されるのが現実的になっているんですから。それってネガティブではなくて、むしろ喜ばしいことですよね」

彼女の目には曇りがなく、それを見た日坂は虚を衝かれる。

自分はこれから絢音の身に降りかかるかもしれないリスクばかりを考えて眉間に皺《しわ》を寄せていたが、確かに人権救済の申し立てが受理され、本格的に調査が始まるのは喜ばしいことだ。

日坂はふっと表情を和らげ、苦笑して言った。

「君の言うとおりだ。俺はリスクばかりを気にしてしまっていたけど、確かに調査が始まるのは絢音が天堂家との繋がりを断つための第一歩だもんな。喜んでいいことなのかもしれない」

「はい」

絢音が笑顔になり、日坂は改めて「彼女を守ろう」という決意を新たにする。

物事のいい面を積極的に見ようとする姿勢は自分にはないものであり、その天真爛漫さがいとおしかった。

抱き寄せて絢音と額を合わせ、日坂はささやくように言う。

「――君が好きだ。この先もずっと一緒にいたいし、そのための努力を惜しむ気はない。すべてのしがらみを断ち切って、大手を振ってつきあいを公言できるようになるまで、全力を尽くすから」

するとと彼女が面映ゆそうな表情になり、こちらの背を抱く手に力を込めて答える。

「わたしも早く自分の問題が解決して、優佳さんの件も結論を出せるように頑張ります。……哉さんのことが、好きだから」

第五章

千里眼を意識して使うとき、絢音は相手の手を握りながら目を閉じて、心の中で水面を思い浮かべる。

水面に一滴の雫が落ちて大きな波紋が広がり、それが落ち着いたあとで目を開けると、相手に関する事柄が映像になって次々と頭に浮かぶというルーティンだ。

本当はそういうプロセスを経なくてもできるが、祖母の御影から「日常的に能力を解放していると身体に負担がかかるから、自分なりに感覚を切り替える流れを作りなさい」と指導され、そうしていた。

これまでは生きた人間を相手に過去や未来を視たり、その人物を介して遠隔透視などをしてきたが、物体に宿る記憶を視たことはなかった。実際に試してみると、その物自体に残っている記憶がぼんやりと頭に浮かぶものの、曖昧かつ断片的で非常にわかりづらい。

〈きっとわたしは、生きている人間の波動のようなものを介してさまざまなことを読み取ってるんだ。でも無機質である物体にはそれがないから、上手くイメージが伝わ

ってこない）

それでも誰かが長く身に着けていた物の中には、その人物の記憶の残滓《ざんし》がかすかに残っている。

優佳の遺品から集中して情報を読み取る作業は、絢音をひどく疲弊させた。五分ほど集中すると倦怠感《けんたいかん》でしばらく動けなくなるほどで、深く息を吐いてソファで目を伏せる。

仕事はこれで終わりではなく、読み取ったわずかな情報から該当する場所をインターネットで探し出さなければならないため、かなり大変な作業だ。

パソコンを操作して地図サービスの映像を閲覧し、読み取ったイメージに近い場所を検索しながら、絢音はじっと考える。

千里眼を使うとひどく疲れるのだと知ってから、日坂は「あまり根を詰めないでくれ」と体調を気遣ってくれるようになった。だが絢音は、早く結果を出したい気持ちでいっぱいだ。

これまでは大抵のことがクリアに視えていただけに、自分の能力の限界を感じている現状にもどかしさをおぼえる。

（日坂家の人は皆本当に優しくて、わたしが結果を出せていなくても責めようとしない。哉さんは「君は俺の恋人なんだから、遠慮せずにここにいていい」って言ってくれるけど、初めにこのお屋敷に置いてもらう条件は優佳さんの死因を突き止めることだったんだから、最優先にしないと）

優佳の写真を見せてもらったところ、彼女は優しげな雰囲気のきれいな女性だった。セミロングの栗色《くりいろ》の髪は艶やかで、ほっそりした体型にハイブランドのワンピースがよく似合っている。

写真の中の笑顔からは家族に愛されて育ったがゆえの健やかさがにじみ出ていて、こんなにも溌剌《はつらつ》としている彼女が自ら死を選ぶほど追い詰められたことが信じられなかった。

（優佳さん、お腹に赤ちゃんがいたって言ってた。そんな状況で誰にも相談せずに亡くなったんだから、きっとかなり苦しんだはず）

残念ながら遺品の数々に触れても、優佳の気持ちは一切伝わってこない。

それを身に着けて訪れた場所の記憶が断片的に残っているだけで、亡くなった人間の気配は時間が経てばこれほどまでに希薄になってしまうのだと実感し、もの悲しさがこみ上げた。

赤の他人の自分がそう思うのだから、家族である日坂や両親の心痛は如何《いか》ばかりだろう。大切に育ててきた娘が見知らぬ男に弄ばれ、妊娠した状態で自死してしまったのだから、是が非でも相手を特定して責任を追及したいに違いない。

しかし家族は優佳が誰かと交際していたという事実すら知らず、友人たちも何も聞かされていなかったらしい。彼女の私室もひととおり調べたといい、それでも手掛かりはなく万策尽きた状況だったという。

つまり絢音の千里眼の能力でしか、真相を探れないということだ。これまで部屋にある遺品に数えきれないほど触れ、それでもほとんど有益な情報がつかめていない絢音は、忸怩たる思いを噛みしめる。

(もっと踏み込んだ情報が欲しい。一緒にいた男性の靴や手は前にチラッと視えたんだから、顔や名前がわかれば……)

指輪のひとつを手の中に握り、じっと意識を集中する。

頭にぼんやりと浮かぶ映像は、ひどく混沌としていた。この屋敷の中とおぼしき光景や人で混み合う雑踏、アスファルトの地面など、ノイズのようなものを少しずつ除去していき、意識を凝らす。

するとふいに隣を歩く男性の顎《あご》から首元にかけての映像が浮かんで、絢音はハッとして目を開けた。

「……っ」

気がつくと額にじんわりと汗をかいていて、たった今脳裏に浮かんだものを思い返す。

（スーツを着た男性……年齢は三十歳前後だった、たぶん前に視た靴の人と同じ）

今回視えた人物の左の口元には、小さなほくろがあった。

それは特徴といっていいもので、大きな収穫だ。絢音は疲労をおぼえつつ、目まぐるしく考える。

（優佳さんの知り合いの中に口元にほくろがある人がいるかどうかを確認すれば、該当の人物を特定できるかも。たぶんわたしは、その人の写真を見ればわかる……）

立ち上がり、優佳の部屋を出た絢音は、階段を下りる。

リビングに行くと千佐子が花瓶に花を生けていて、こちらを見て言った。

「あら渡瀬さん、どうかした？」

「すみません、優佳さんの交友関係がわかるようなアルバムはありませんか？　実は……」

絢音が先ほど視た人物について説明すると、彼女は顔色を変える。

生けている途中の花を放置して二階に上がった千佐子が、優佳の部屋のクローゼットを開けて言った。

「あの子はこの辺りに、いくつかアルバムをしまっていたはず。ああ、これじゃないかしら」

「拝見いたします」

二人でソファに座り、写真が多数収められたアルバムの中身を確認する。

大学時代のものから順番に見ていったが、左顎にほくろがある男性の写真はない。写真を眺めつつ、千佐子が言った。

「優佳は女子大に通っていたから、男性との写真は少ないわね。でもまったく接点がなかったわけではなくて、他校との交流があったり、友人同士で会うときに男性がいたりしたこともあったみたい」

「そうですか」

そのとき部屋にやって来た家政婦が「失礼いたします」と告げ、言葉を続ける。

「奥さま、倉成詠美さまがお見えになっております」

「あら、詠美さんが？　麻衣子さんもご一緒？」

「いえ。お一人です」

千佐子が一旦部屋を出ていき、しばらくして詠美を伴って戻ってくる。

「渡瀬さん、詠美さんがいらっしゃったわ。近くに用事があったから、寄ってくださったのですって」

「こんにちは」

詠美は小花柄の上品なワンピース姿で、はにかんだように微笑んで言う。

「突然お邪魔して、申し訳ありません。先日千佐子さんが『渡瀬さんの友人になってあげてほしい』とおっしゃっておりましたので、ご在宅かと思ってお邪魔いたしました」

彼女がわざわざ自分に会いに来てくれたのだとわかり、絢音は驚く。

だが決して嫌ではなく、立ち上がって挨拶した。

「会いに来てくださって、うれしいです。わたしも詠美さんとまたお話ししたいと思っておりました」

するとそれを聞いた千佐子が、ニコニコして言う。

「渡瀬さん、よかったわね。お茶の用意をしてくるから、しばらく二人でお話ししたら？」

「はい」

彼女が去っていき、部屋の中に足を踏み入れた詠美が、周囲を見回して問いかけてくる。

「素敵なお部屋ですね。ここは渡瀬さんの私室ですか？」

「いえ。この家のお嬢さんである、優佳さんのお部屋です」

優佳の名前を聞いた彼女が、表情を曇らせて言った。

「優佳さんは確か、半年ほど前に亡くなられたのですよね。急な話だったというし、まだお若いのに本当にお気の毒です」

「……はい」

詠美は現在二十三歳で、大学卒業後は花嫁修業をしているらしい。

彼女の顔立ちは凡庸で頬にそばかすが目立ち、決して美しくはないものの、良家の令嬢らしく上品で、おっとりとした口調に育ちのよさを感じた。

絢音がソファを勧めると、彼女が腰を下ろす。そしてテーブルに積まれたアルバムを見て言った。

「これは……？」

「千佐子さんと一緒に、優佳さんのアルバムを見ていたんです。大学時代のものから順番に」

「そう」

こちらに気を使ったのか、千佐子はお茶を出したあとに二人きりにしてくれ、絢音は詠美と絵画やクラシック音楽のことなどさまざまな話をした。

そして彼女に「よろしければ、連絡先を交換しませんか」と言われ、慌てて部屋からスマートフォンを持ってくる。

（トークアプリの友達登録って、どうやってするんだっけ。えっと）

このスマートフォンを渡されたときは日坂がすべてやってくれたため、やり方がまったくわからない。するとそれを見た詠美が、遠慮がちに問いかけてきた。

「渡瀬さん、もしかしてスマートフォンの操作に慣れてらっしゃらないんですか？」

「はい。ちゃんと使い始めたのが、ごく最近で……不勉強で申し訳ありません」

恥じ入りながら謝ると、彼女が首を横に振る。

「謝らなくてもいいのですけど、渡瀬さんは何ていうか、すごく浮世離れした方なんですね。びっくりするほどおきれいで、お人形みたいな雰囲気でいらっしゃるので、スマホの扱いに不慣れでも何となく納得できます」

詠美が友達登録のやり方を教えてくれ、絢音は礼を述べる。彼女が立ち上がって言った。

「これでいつでもやり取りができますから、お気軽にメッセージをくださいね。本日はお邪魔しました」

「こちらこそ、ありがとうございます」


詠美が帰ったあと、絢音は優佳のアルバムを時間をかけて一冊ずつ精査したものの、該当する男性の写真は見つからなかった。

その日の午後六時半、日坂との待ち合わせ場所に向かった絢音が今日の出来事を報告すると、彼は驚きの表情で言う。

「左顎に小さなほくろがある三十歳前後の男性という情報は、かなりの大収穫だ。お手柄だな」

日坂家の車の後部座席に座る絢音は、バッグの中からホワイトゴールドでできたクローバーモチーフの指輪を取り出す。そしてそれを日坂に見せて言った。

「これは優佳さんの遺品のひとつである指輪です。おそらく頻繁に身に着けていたものので、これを握っていると隣を歩く男性の口元から顎にかけてが視えました。おそらくですけど、これはその男性からもらったものではないでしょうか」

「なるほど。この指輪に優佳自身の思い入れがあって、記憶の残滓が強く残っていたってことか」

彼は顔を上げ、こちらを心配そうに見る。

「手掛かりを見つけてくれたのはうれしいが、無理をしていないか？　何となく顔色が悪いように見える」

「大丈夫です」

本当は全身に倦怠感があるが、日坂に心配をかけたくない。絢音はそう考えながら、精一杯普通の顔で言った。

「せっかく得た手掛かりですから、どうしても哉さんと直接話したくて車を出してもらったんです。もしお忙しかったならすみません」

「全然。仕事は午後六時過ぎには終えることができたし、むしろ絢音のほうからこうして出てきてくれて、うれしいよ」

彼は先ほど銀座の日本料理店に電話をして席を予約してくれたといい、車で移動する。

十分もかからずに到着し、車を降りた絢音は日坂と連れ立って夜の銀座を歩き出した。近頃は気温がぐんと下がり、季節が秋に移行しつつあるのを如実に感じる。

目的地はここから数分のところにあるらしいが、ふいに日坂のスマートフォンが鳴った。ディスプレイを確認した彼が、こちらを見て言った。

「すまない、仕事の電話だ。ちょっと待っててもらえるか」

「はい」

足を止めた日坂が電話に出て話し始め、絢音は通行人の邪魔にならないよう道の脇によける。

行き交う人々を立ったまま眺めていると、足元をひんやりとした風が吹き抜けた。煽《あお》られて舞い上がる髪を片手で押さえていた絢音の耳に、突然聞き慣れた声が飛び込んでくる。

「……絢音？」

これまで十年間、天堂家で軟禁されて生きてきた絢音には、知人と呼べる者はほとんどいない。

ましてや下の名前で呼ぶ人間は限られており、驚いて声がしたほうを見やると、そこには従兄の祐成がいた。

「絢音――やっと見つけた」

絢音の心臓が、ドクリと大きく跳ねる。

まさかこんなところで彼とニアミスするなど、まったくの予想外だ。

（どうしよう、逃げなきゃ……っ）

そう思うのに、ひどく混乱した状態で足が動かない。

そんな絢音をよそに、大股で歩み寄ってきた祐成がこちらの肩を強くつかんだ。スーツ姿の彼は、絢音を見下ろして告げる。

「俺がどれだけ君を捜したか。今まで一体どこにいたんだ」

「……っ」

約一ヵ月前に天堂家を飛び出した絢音は彼に電話をかけ、「これまで自分がされてきたのは、不当な扱いだ」「自分はこれから弁護士の岡田の元に行き、人権救済の申し立てをするつもりでいる」と告げたものの、具体的な居場所については何も明かさなかった。

おそらく祐成はさまざまな手を使い、いなくなった絢音の行方を捜していたのだろう。本当はずっと日坂家の屋敷で世話になっていたが、それを明かすつもりのない絢音はぐっと押し黙る。

するとそれを見た彼が、小さく息をついて言った。

「まあいい。詳しい話は、あとでゆっくり聞くよ。さあ、俺と一緒に帰ろう」

彼が肩を引き寄せ、強引に歩き出そうとする。

絢音は足に力を込めてその場に踏み留まりながら、声を上げた。

「嫌。わたしはあなたとは行かない……っ」

そのとき目の前に日坂の腕が伸び、祐成の手をつかむ。彼は鋭い口調で問いかけた。

「一体どなたですか。彼女から手を放してください」

「君こそ、一体誰だ」

睨《にら》み合う二人は、一触即発の雰囲気だ。日坂に庇われた形の絢音は、彼に向かってささやいた。

「この人は……わたしの従兄です。ここで哉さんの電話が終わるのを待っていたら、突然声をかけられて」

するとそれを聞いた彼が、祐成を見つめて低く告げる。

「なるほど、あなたが絢音の親族ですか。十年にも亘って彼女を閉じ込め、利用してきたという」

日坂が事情を知っているのだと気づいた祐成が、ピクリと表情を動かす。

しかし礎会の活動に長年従事してきた彼は、感情を隠してにこやかに振る舞うのが得意だ。祐成が微笑み、明るく答えた。

「利用だなんて、人聞きが悪い。僕と両親は絢音の親族として、親を亡くした彼女を保護してきただけですよ。絢音の才能を生かすためのお膳立てはしましたが、あくまでも彼女は僕たちの大切な〝家族〟です。誤解を招くような言い方はしないでいただきたい」

「…………」

「ところであなたがどなたなのか、名前をお伺いしてもよろしいですか？」

日坂は少し考えたあと、スーツの胸ポケットから名刺入れを取り出す。

そして祐成に向かって一枚差し出して言った。

「日坂哉と申します。会社の名前は、そこに」

「日坂マテリアル……あの有名な？」

名刺に書かれた会社名を見た祐成が、意外そうに眉を上げる。絢音は彼に向かって口を開いた。

「祐成、このあいだ電話で言ったとおり、わたしは天堂家に戻る気はないの。お祖母ちゃんが亡くなって十年、わたしがあの屋敷に閉じ込められて学校にも行かせてもらえなかったのは、不当な扱いだったと思ってる」

「…………」

「今は二人の弁護士さんに相談をしていて、近いうちにそっちに問い合わせがいくはずだから。そのときは、聞かれたことに対して正直に答えて」

祐成が、探るように絢音の顔を見る。

心臓がドクドクと音を立て、手のひらにじっとりと汗がにじんでいた。かつては彼と四六時中一緒にいて、行動のすべてを見張られていたが、今となってはそれに強い嫌悪感をおぼえる。

（もう、あんな暮らしは嫌。たとえ連れ戻されても、わたしは何度だってあの屋敷から逃げ出してみせる）

そんな強い決意をにじませて見つめ返すと、祐成がふっと表情を緩める。

彼は日坂の名刺をポケットにしまい、苦笑して言った。

「まさか絢音が、そんなふうに俺に逆らってくるとはな。いつも聞き分けのいい子だったのに、もしかしてこの男に感化されたのか」

「…………」

「まあいい。今日のところは帰るよ」

祐成があっさりとそんなことを言って、絢音は驚きに声を上げる。

「えっ……？」

「近々、弁護士から連絡がくるんだろう？　承知したよ。じゃあね」

余裕の微笑みを浮かべた彼が、踵を返して去っていく。

絢音は呆然とその後ろ姿を見送った。日坂も同様に雑踏に紛れていく祐成の背を見つめ、訝《いぶか》しげにつぶやく。

「やけにあっさり帰っていったな。もっと食い下がってくるかと思ったが」

「哉さん、彼に名刺を渡して大丈夫だったんですか？　もしお屋敷に押しかけられでもしたら」

屋敷には圭祐と千佐子、それに家政婦たちがおり、もし彼らに危険が及んだらと思うと絢音は気が気でない。すると日坂が、落ち着いた口調で答えた。

「むしろ牽制《けんせい》のつもりで渡したんだ。うちの会社はそれなりに知名度があるし、これまで富裕層の人間を相手にしてきた彼ならそうした部分に敏感だろう。表立って揉めると政財界でその噂が広まってしまうから、きっとおいそれと手を出してはこられない」

「……そうでしょうか」

「それにこっちの素性を明かしたことで向こうは君の居場所を絞り込めるから、ある程度満足したのかもしれない。とはいえ、今後の動きには注意が必要だな」

絢音の心に、強い不安がこみ上げる。

確かに日坂家は財界でも有名な名家で、屋敷のセキュリティも堅牢なため、祐成は迂闊《うかつ》に手を出せないかもしれない。

だが彼や伯父が是が非でも絢音を連れ戻したいと考えているのは明白で、それなのにあっさりと帰っていったことが不気味で仕方なかった。

（わたしが心配しすぎなのかな。弁護士の先生たちも動いてくれているし、これから事態がいい方向に行くって信じたいけど……）

そんなふうに考える絢音の頭を、ふいに日坂がポンと叩いてくる。彼はこちらを見下ろし、揺るぎない口調で告げた。

「大丈夫だ。君の従兄が何を仕掛けてこようと、俺が必ず守るから」

「……はい」

連れ立って歩き出しながら、絢音は先ほど祐成が去っていった方向をチラリと見やる。

今の自分は一人ではなく、日坂がいて司法も守ってくれる。だから心配することはないのだと、心の中で言い聞かせた。

（いざとなれば、未来を視て手立てを考えよう。……哉さんやご両親には、絶対に迷惑をかけたくない）

空には重い雲が垂れ込め、今にも雨が降り出しそうだった。

絢音は胸の中に渦巻く不安を押し殺し、じっと目を伏せた。

＊　＊　＊

夜の銀座はネオンがきらびやかで、たくさんの人が行き交っている。そんな中、雑踏を歩く祐成は、かすかに顔を歪めた。

（まさか絢音が、こんなところにいるとは思わなかった。それにあの男は……）

磴会の看板にして〝千里眼の巫女〟たる絢音がいなくなって一ヵ月、祐成と父の賢一は顧客の対応に追われていた。

元々数ヵ月先まで予約がいっぱいだったが、それらすべてをキャンセルせざるを得なくなり、新規を受け付けることもできない。これまで潤沢に入ってきていた収入がストップし、父は強い焦りにかられていた。

『いいか、どんな手を使ってでも絢音の居場所を突き止めろ。弁護士が邪魔立てするというのなら、強硬な手段を使って排除しても構わん』

千里眼という尋常ならざる能力を開花させたのは祖母の御影が最初だったが、彼女の息子である賢一と娘の鈴子、そして孫の祐成にはその能力は遺伝しなかった。

唯一引き継いだのが絢音で、父いわくその能力は御影よりも高いらしい。祐成は絢音の付き人として長いこと彼女の仕事ぶりを見てきたが、確かにその力は本物だった。

磴会は絢音が千里眼で視ることで商売が成り立っているため、彼女が不在の今は予約をすべて断らなければならず、この一ヵ月間キャンセル対応に追われている祐成はすっかり疲弊していた。

絢音が能力を使うときは相手の手に触れるが、顧客は清らかな美貌の持ち主である彼女にそうされると誰もが陶然とし、百発百中の託宣も相まって熱烈な信者になるのがほとんどだ。

そのため、普段から絢音宛ての感謝の手紙や菓子などの付け届けが多かったものの、千里眼の巫女が体調不良だと知った彼らはこぞって「一日も早く回復されるよう、お見舞い申し上げる」と言って花や季節の果物などを送ってきていた。

だが最近はいつまでも予約の目途が立たないことに苛立《いらだ》ち、「自分が今までどれだけの金を払ってきたと思っている」「五分でいいから、巫女と面会させろ」と言ってくる者が跡を絶たず、なだめすかすのに苦労している。

今日もそうだ。祐成は大口顧客の一人から銀座まで呼び出され、絢音の体調について根掘り葉掘り聞かれた。

当の絢音が不在であるために明確に復帰の時期を明言できず、しかし今後を思えば客を切ることもできない祐成は、針の筵《むしろ》のような時間を過ごした。

絢音の姿を見つけたのは、そんなときだ。ようやく客から解放され、目白にある自宅まで戻るべくタクシーを捕まえようと往来を歩いていたところ、一人の女性に目が吸い寄せられた。

黒のタイトなカットソーにモーヴピンクのロングスカートを合わせ、長い黒髪を下ろした彼女は、道行く人々の視線を集めるほどの美貌の持ち主だった。エレガントな服装がほっそりした体型によく似合い、人待ち顔で道の端に佇んでいる。

一目でその女性が絢音だと気づいた祐成は、大股で彼女に歩み寄っていた。なぜこんなところにいたのかはわからないが、見つけた以上はすぐに屋敷に連れ帰ろう。そう考えていたのに、割り込んできたのはスーツ姿の三十歳前後の男だった。

ポケットに手を入れた祐成は、先ほど彼から手渡された名刺を取り出す。そこには〝株式会社日坂マテリアル　取締役常務　経営戦略部　日坂哉〟と書かれていて、それを見つめながらじっと考えた。

(日坂マテリアルといえば、知らぬ者がいないほど有名な総合商社だ。名前と役職、

年齢からすると、あの男はＣＥＯの息子か）

日坂はスラリと背が高く、ハイブランドのスーツを嫌みなく着こなしていて、大企業の御曹司にふさわしいクラス感のある男だった。

彼は絢音を連れ去ろうとしていた祐成を制止し、「なるほど、あなたが十年にも亘って絢音を閉じ込めて利用してきたという親族ですか」と発言して、その眼差しにこちらに対する強い敵対心をにじませていた。

（あの男、絢音を呼び捨てにしていた。しかも彼女がこれまでどういう暮らしをしていたかを知ってるなんて、まさか絢音と特別な関係なのか？）

日坂を見つめる絢音の眼差しは彼への全幅の信頼を感じさせ、それを目の当たりにした祐成の中にはどす黒い感情がこみ上げた。

彼女が天堂家から出奔して、まだ一ヵ月しか経っていない。そのあいだに二人は出会い、恋に落ちた——そう考えると焼けつくような嫉妬の感情が心を塗り潰して、祐成は顔を歪める。

（絢音は俺の婚約者だ。彼女が十八歳になったときに父さんが言い出したのを、俺が「まだ早すぎる」と言って抑えた。でも、来年辺りに結婚しようと思っていたのに）

千里眼という稀有な才能、そして美しい容姿を持つ絢音は自分のものになるべきだと、祐成は考えていた。

それなのに突然現れた日坂にまんまと奪われてしまい、彼に対する憎しみがこみ上げる。先ほどあっさり引いたのは、なけなしの理性を総動員した結果だ。大企業をバックに持つ日坂とこのタイミングで敵対するのは、得策ではない。

しかも絢音は現在二人の弁護士に相談し、人権救済の申し立ての準備をしているという。

(上手く立ち回らなければ、磴会の存続が危うくなる。何とか誤魔化さないと)

一番いいのは、絢音を連れ戻して弁護士への依頼を取り下げることだ。

当事者である彼女が訴えれば十年に亘る人権侵害が問題になるかもしれないが、取り下げればすべてなかったことになる。もしくは弁護士自身がその案件から手を引けば、事態は沈静化するはずだ。

そのため、祐成は二つを同時進行で行おうと考えて準備を進めていた。

(伏龍会に依頼して、弁護士二人に圧力をかける。そして隙を見て、絢音の身柄を確保してもらおう)

半グレ集団である伏龍会は、主に歌舞伎町《かぶきちょう》で活動する金で動く連中だ。

ヤクザとは違って暴排条例で取り締まりを受けない分、どんな過激なことでも報酬次第でやってくれる。いかに弁護士が法に精通していても、物理的な被害を受ければ「厄介な案件だ」と考え、手を引くだろう。

絢音に関しては多少荒っぽい手を使ってでも天堂家に連れ戻し、両親と共に説得すればいい。

（俺と両親は、これまで絢音を下にも置かない扱いで大切にしてきた。彼女がいなくなってからたくさんの顧客が迷惑を被《こうむ》っていること、それに磴会の存続が危ぶまれていることを時間をかけて説明すれば、絢音はきっと納得してくれるはず）

もしかすると彼女は日坂に心を奪われているかもしれないが、「彼の目的は、君を利用することだ」と言い聞かせればいい。そして首尾よく事態が落ち着いた暁《あかつき》には、彼女と自分の結婚を具体的に考えよう――祐成はそう結論づけた。

先ほどの絢音の花のように可憐な面差しが、脳裏によみがえる。彼女が自分以外の男に心を奪われ、身体の関係まであるかもしれないことを想像した祐成は、ぐっと奥歯を噛みしめた。

今日のところはおとなしく引いたが、今後は容赦しない。一日でも早く絢音を取り戻し、彼女が自分のものであると確かめたくて仕方なかった。

（そうと決まれば、伏龍会にすぐ連絡を取ろう。金はいくらかかったって構わない）

吹き抜ける風は雑多な匂いを孕み、少しひんやりとしていた。

人混みを縫うように歩きつつ、祐成は苛立ちを瞳の奥に秘め、虚空《こくう》を見つめ続けた。

＊　＊　＊

総合商社である日坂マテリアルは世界各国と取引をする都合上、海外との打ち合わせが多くある。

月曜の午後六時、イギリス拠点とのリモート会議を終えた日坂は小さく息をついた。

外部企業とのアライアンス立案は大詰めで、有意義な話ができた。仕事の面では順調だが、今はプライベートのほうで気になることがある。

（絢音の従兄の天堂祐成が、あっさり引いたのが気にかかる。彼女を連れ戻すのを諦めたはずはないけど、一体何を企んでいるんだ）

銀座の雑踏の中で天堂祐成とニアミスしたのは、三日前の金曜日の話だ。

あのとき彼は絢音の身体を引き寄せ、強引に連れ帰ろうとしていた。日坂が割り込んだことで事なきを得たが、祐成がこちらを見る眼差しには強い敵愾心《てきがいしん》がにじんでおり、おそらく日坂と絢音の関係に気づいたのだろう。

絢音が天堂家を飛び出すきっかけになったのは、伯父夫妻が彼女が二十歳になったときに相続した両親の遺産を狙っていること、そして息子の祐成と結婚させようと目論んでいることが明らかになったからだ。

実際に彼に会った日坂は、自分の推測が正しかったのを悟った。

(彼は絢音を、異性として見ている。きっと彼女を連れ戻したあとは、強引に結婚するつもりに違いない)

そんな祐成が、あのときあっさり立ち去ったのはなぜか。

理由のひとつとして挙げられるのは、絢音が「人権救済の申し立てをしていて、近いうちにそちらに調査がいくはずだ」と発言したことだ。弁護士が間に入っている状態で彼女を連れ去りなどをすればますます心証が悪くなる上、警察が介入する可能性も否定できない。

もうひとつは、日坂の素性だ。磴会の顧客のほとんどが富裕層である以上、財界で知名度を持つ日坂家を敵に回すのはまずい。そう考えて一旦引いたのかもしれないが、日坂は釈然《しゃくぜん》としないものを感じる。

(両親には気をつけるように伝えておいたし、絢音にも極力外出しないように告げた。今のところ何もないが……)

そう懸念していた日坂だったが、嫌な予感は的中した。

三十分ほど雑務をこなして帰ろうとしたときにスマートフォンが鳴り、ディスプレイを確認すると、表示された名前は〝絢音〟となっている。

指を滑らせて電話に出た日坂は、驚いて声を上げた。

「えっ、岡田先生の自宅が？」

『はい。朝、岡田先生の奥さまが新聞を取りに外に出たところ、玄関のドアに真っ白なペンキで落書きをされた上、大量の生ゴミが敷地内に撒《ま》き散らされていたそうです』

玄関ドアにはペンキで大きくバツ印が書かれていたといい、手紙などの投函《とうかん》はないらしい。何者かの嫌がらせなのは明らかで、日坂は眉をひそめて問いかけた。

「それで、岡田先生は何て？」

『弁護士をしていると、こうした嫌がらせはときどきあるとおっしゃっていました。事務所の建物の外には防犯カメラがありますが、ご自宅には設置していないそうで、警察も現段階では誰がやったかを特定するのは難しいと』

「……そうか」

電話の向こうの絢音が、不安そうに言う。

『哉さん、これってもしかしてわたしの伯父一家が絡んでいるんでしょうか。岡田先生はご病気から復帰されたばかりで、今の段階で直接手掛けているのはわたしが依頼した案件だけだと言っていました。ですから……』

「証拠がないからそうとは言いきれないが、確率は高いだろうな」

もし犯人が天堂家、もしくは彼らに頼まれた何者かだとすれば、岡田の自宅を襲撃した目的は脅しに違いない。

絢音の依頼を受け、人権救済に乗り出そうとしている岡田に、心理的圧力をかけている。そう考えながら、日坂は絢音に向かって言った。

「天堂家が関わっているかもしれないから、君は一人で外に出ないほうがいい。なるべくなら行動を制限したくはないが、しばらくは屋敷の中にいてくれると助かる」

『はい。わかりました』

自分はこれから帰宅する予定だと告げ、電話を切った日坂は、厳しい表情で息をつく。

やはり天堂祐成は、黙って身を引いたわけではなかった。彼と父親は絢音の身柄を取り戻すため、邪魔な弁護士を排除しようとしている。

(反転攻勢に出たってわけか。だったらこっちも、うかうかしていられないな)

絢音本人はもちろん、日坂の両親や磴会の内情を調査中の顧問弁護士の水守も、何かあったときのために自衛するべきだろう。

そう考えた日坂は九州に出張中の父の圭祐に電話をかけ、事情を説明して身辺に気をつけるよう忠告した。そして自分で車を運転して午後七時過ぎに帰宅すると、千佐子が出迎えて不安そうに言う。

「おかえりなさい、哉」

「ただいま」

「渡瀬さんから話を聞いたのだけど、彼女の顧問弁護士のお宅が悪戯に遭ったんですって？　それってやっぱり嫌がらせなのかしら」

日坂は頷き、母に向かって告げる。

「渡瀬さんの従兄と街中でニアミスしたとき、俺が名刺を渡したことが相手を刺激するきっかけになったのかもしれない。向こうは彼女がこの屋敷に滞在していることまでは突き止めていないだろうが、岡田弁護士と同様に俺たちに嫌がらせをしてこないとも限らない。この屋敷のあちこちには防犯カメラがあるし、警備会社とも契約していて誰かに侵入されることはないだろうけど、外に出たときは重々気をつけてくれ」

「ええ、わかったわ」

二階の自室に上がり、スーツを脱いで着替えていると、部屋のドアがノックされる。

「はい」と応えたところ、ドアが開いて何やら書類を持った絢音が中に入ってきた。

「哉さん、おかえりなさい。こちらにお戻りになるときに、何か不審なことはありませんでしたか？」

「何もないよ。屋敷の中に入るときに周囲の様子を窺ったけど、怪しい人影などはなかった」

「そうですか」

彼女がホッとしたように表情を緩め、日坂はそれを見つめながら言う。

「岡田弁護士の自宅に悪戯があったことは許しがたいし、犯人は天堂家か彼らに頼まれた人間という可能性が高い。でも、絢音が過剰に気に病む必要はないよ。君も岡田弁護士も、何も悪いことはしていないんだから」

「でも……わたしの依頼を受けたためにターゲットにされてしまったのなら、責任を感じます。今後哉さんやご両親に何かあったら、どうしたらいいか」

「両親には身辺に気をつけるように話したから、大丈夫だ」

どこか思い詰めた表情の絢音はぎゅっと両手を握り合わせ、やるせない表情でつぶやく。

「哉さんも千佐子さんも、同じことを言うんですね。『あなたが責任を感じる必要はない』って」

「………」

「でも、確かにわたしが今動けばかえって皆さんにご迷惑をかけてしまうかもしれません。だからわたし、自分にできることを頑張ろうと決めました。優佳さんが亡くなった原因を突き止めようって」

「絢音、それは――」

彼女の気持ちはありがたいが、千里眼を使うとひどく疲弊してしまうのではないか。そんな日坂の心配をよそに、絢音が顔を上げて言う。

「休み休みやれば、大丈夫です。あの、これまで哉さんと行ったところを地図でチェックしてみたんですけど、見ていただけますか」

彼女が手にしていたプリントを、テーブルの上に広げる。

それは東京都心の地図だった。ところどころにマーキングしてあり、絢音がそれを説明する。

「これは今までわたしが優佳さんの遺品から読み取った情報から、該当する場所を探して哉さんと訪れたところです。何となく場所が絞り込める気がしませんか？」

「ああ。港区《みなとく》から千代田区《ちよだく》が多いな」

　これまで絢音と共に訪れたところはすべて都心で、港区から千代田区にかけたエリアに集中している。日坂は地図を眺め、じっと考えた。

「こうして見ると優佳は都心の店ばかりを訪れているし、絢音が視た三十歳前後の顎にほくろがある男性は高級な靴と時計を身に着けていた。彼女がプレゼントされたとおぼしき指輪も百万円近くする有名ブランドのものだったし、つまり金には困っていない人物だってことか」

　こうして情報を整理すると、だいぶ人物像が絞り込めてくる。日坂は感心してつぶやいた。

「すごいな。最初は雲をつかむように何のヒントもない状態だったのに、かなりの進展だ」

　絢音が頷き、再び口を開いた。

「哉さんにお伺いしたいことがあったのですけど、優佳さんが使っていたスマートフォンはもう解約されてしまったんでしょうか」

　彼女の問いかけに日坂は眉を上げ、難しい表情になって答えた。

「――見つからなかったんだ」

「えっ？」

「優佳が亡くなったあと、どれだけ捜してもスマートフォンは見つからなかった。もしかすると、彼女は自分の死後に中身を見られるのが嫌で、事前に処分したのかもしれない」

一般にスマートフォンには、友人知人の連絡先の他、メールや通話アプリのログなど、プライベートな情報が多数入っているものだ。

もし他者に見られたくない場合はひとつひとつ消去するという手があるが、優佳は自分の死後に何らかの方法でデータが復元されることを恐れ、自ら処分した可能性がある。

彼女の私室をどれだけ捜してもスマートフォンは見つからず、結局捜索を諦めてしまった。日坂がそう告げると、絢音が肩を落とした。

「そうですか。スマートフォンのように日常的に触れるものなら、もしかしたら優佳さんの記憶が色濃く残っているかもしれないと思ったのですけど」

「確かにな」

日常生活の必需品であるため、彼女が触れれば何か情報を読み取れる可能性は高く、見つからないのが残念でならない。

すると彼女が躊躇いがちに、「あの」と口を開いた。

「もうひとつ、ずっと気になっていて……でも哉さんにも千佐子さんにも、なかなか聞くことができずにいたことがあるんですけど」

「ん？」

「優佳さんが自ら命を絶った場所はこのお屋敷の中だと言っていましたが、ご遺体を見つけたときの経緯を聞いてもよろしいでしょうか」

思いがけない質問に、日坂は虚を衝かれて言葉を失くす。

絢音の表情は硬く、この質問をするまで何度も葛藤してきたことが如実に表れていた。おそらく遺族である日坂や千佐子の気持ちを慮《おもんぱか》り、不躾ともいえるこの質問を繰り出すことに躊躇《ちゅうちょ》していたのだろう。

そう思いながら、日坂は彼女を見下ろしてポツリと言う。

「そうだな。……君にはその話を、まだしてなかったよな」

「すみません。この質問をすると哉さんや千佐子さんがつらくなってしまうのではないかと思って、今までなかなか聞けずにいました。でもこれまで遺品の情報を読み取ってきた感触から、亡くなった場所には優佳さんの感情が強く残っているのではないかと考えたんです」

絢音がひどく申し訳なさそうな顔をしていて、それを見た日坂はやるせなく微笑む。

そして彼女の頭にポンと手を置いて言った。

「気を使わせてしまってすまない。確かに思い出すのはつらいけど、優佳の死因を探る中で、避けられない話題だってわかってる。だから絢音はそんなに恐縮しなくていいよ」

「………」

「優佳は、この家の一階の納戸で亡くなっていたんだ。その日は両親が出払っていて、彼女の帰宅後に家政婦が夕食ができたと呼びに行ったところ、部屋にいなかったそうだ。でも外出した気配がなかったから、家の中を捜していたらしい」

それでも見つからず、困惑した家政婦たちは、その後一時間ほどして帰宅した日坂に「お嬢さまがいらっしゃいません」と相談してきた。

何となく胸騒ぎがした日坂は、納戸や物置など、普段は人が入らないようなところも捜すように彼女たちに告げた。すると程なくして、家政婦の一人の悲鳴が聞こえた。

「一階の奥にある納戸は、美術品の一部や普段使わないものなどが雑多にしまわれているところだ。普段は開けることのない場所で、俺が行ってみると優佳は壁面についている金属製の飾り電灯に紐を引っ掛け、首を吊《つ》っていた」

優佳の遺体を見つけたときのことを、日坂は鮮明に思い出す。

オフホワイトのアンサンブルとパステルカラーのスカートという春らしい恰好の彼女は、全身を脱力させて壁面にぶら下がっていた。

長い髪が前に垂れて表情を隠し、足先が床から数センチ浮いている。まるで生気のないその姿を見た瞬間、もう間に合わないことを直感的に悟りながらも、日坂は優佳の名前を必死で呼びつつ彼女の身体を下ろしていた。

「顔に触れてみると体温がかなり下がっていて、首を吊ってだいぶ時間が経っているのがわかった。それから警察と救急車を呼んで……優佳の死亡が確認された」

どうやら優佳は、家政婦が遺体を見つける一時間半ほど前に亡くなっていたらしい。

遺書は見つからず、服装も乱れたところがなかったことから状況的に自殺と判断されたものの、その後の検死の結果彼女が妊娠していたことが判明した。

「あの事件以降、両親も家政婦も、納戸にはまったく寄りつかなくなってしまった。実際に案内するよ、行こう」

自室を出た日坂は階段を下り、絢音と共に一階の納戸に向かう。

長い廊下を進んで一番奥にあるドアを開けると、中は真っ暗でひんやりしていた。

壁際のスイッチで灯りを点けたところ、中は額縁に入った絵画が何枚も壁際に重ねられていたり、大小の箱が数多く置かれているのが見え、雑然としている。

全体的に埃っぽく、半年前から掃除がされていないのか、隅に蜘蛛《くも》の巣が掛かって空気が少し澱んでいた。

中に足を踏み入れた絢音が、周囲を見回しつつ言う。

「……失礼します」

彼女が首を吊っていた電灯は、壁面にあった。

それを見上げた絢音はしばらく無言だったが、やがて壁に触れながら目を伏せる。集中している彼女の様子を、日坂は黙って見守った。すると絢音が、床を見つめたまままつぶやく。

「……制服を着た警官やスーツ姿の刑事が、何人もこの部屋にいるのがぼんやりと見えます。戸口で泣き崩れているご両親も……。これは、優佳さんが亡くなった直後の光景のようです」

大きく息を吐きながら集中を解いた彼女はわずかに青ざめていて、日坂は絢音に呼びかけた。

「大丈夫か？」

「すみません、ちょっと疲れてしまって」

背中をそっとさすってやると彼女が息をつき、こちらを見上げて言った。

「さっき視えたのは、優佳さんが亡くなった直後の光景でした。でも何度か繰り返せば、優佳さんが亡くなる前の場面にフォーカスできる気がするんです。だからもう少し時間をください」

「でも、ほんのわずかな時間でもこんなに消耗するんだろう。君に無理をさせるわけにはいかない」

日坂の言葉を聞いた絢音が、「いいえ」と語気を強める。

「これはわたしにしかできないことです。優佳さんが自ら死を選ぶほど絶望していて、彼女をそんな心境に追い込んだ人物が今ものうのうと生きていると思うと、わたしも許せません。だからどうか、協力させていただけませんか？　お願いします」

彼女の眼差しには強い意志がにじんでいて、日坂はそれを見つめて考える。

やがて小さく息をつき、絢音の手を引いて立ち上がらせながら言った。

「――わかった。でも、くれぐれも無理はしないでくれ。君に重い負担をかけてまで得たいものは、何もないから」

「はい。気をつけます」

第六章

それから五日が経つうち、事態はじわじわと悪化した。

岡田の自宅への悪戯はやまず、家に誰もいないときを見計らって玄関ドアに大量の生卵が投げつけられていたり、敷地内に置いていた自転車がパンクさせられたり、鉢植えの花がひっくり返されている。

弁護士である彼はすぐさま被害の日時や内容を写真で記録し、玄関先に防犯カメラを設置した他、地域の自治会長にも怪しい人物を見かけたら教えてくれるように相談したらしい。

一方、礎会の内情について調査を進めている水守にも、同様の嫌がらせが行われた。彼の自宅の郵便受けが生ゴミでいっぱいにされていたというのを聞いた絢音は、日坂に「お二人をこのお屋敷に呼んでも構わないでしょうか」と相談した。

「もちろん構わないが、一体どうするんだ？」

彼の問いかけに、絢音は答える。

「わたしがお二人を千里眼で視て、今後降りかかるであろうトラブルを予見します。

そして被害に遭わないよう、先回りして対応していただけたらと思うんです」

かくしてその日の午後、二人の来訪を受けた絢音は応接間で意を決して告げた。

「実は今までお二人に、申し上げていなかったことがあります。――わたしには〝千里眼〟という能力があり、その力を利用した伯父一家から十年に亘って軟禁されておりました。磴会は、わたしの能力によって成り立っていた宗教法人なのです」

祖母の御影にも同様の力があり、天堂家はそれで財を成した家なのだと語ると、岡田が驚きの表情で言う。

「生前の御影さまが磴会の教祖的地位におり、信者に対して占いのようなことをされているのは存じておりました。絢音さんがその後を継いで巫女の地位にいらっしゃると聞いて、きっと同じような能力がおありなのだろうと思っておりましたが、まさか千里眼だとは」

「申し訳ありません。わたしの能力の詳細は外で決して口外しないよう、祖母や母から強く言い含められていたんです。ですから極力伏せておきたかったのですけど、もうそんな事態ではなくなってしまいましたので、こうしてお二人に来ていただきました」

すると水守が、得心がいったようにつぶやく。

「なるほど。渡瀬さんにそうした力があったからこそ、天堂家はあなたを学校にも行かせず手元に囲い込んでいたのですね。礎会には目立った宗教行事などがなく、信者の活動もまったく盛んではないにもかかわらず、お布施収入が異様に多いことが疑問だったのです。ですが、千里眼で視た情報の対価として多額の報酬を受け取っていたのなら、それも納得できます」

とはいえ彼らは半信半疑の表情で、無理もないと考えた絢音は、二人に向かって

「にわかには信じがたいでしょうから、わたしの能力をお見せします」と告げた。

そして岡田の手を取り、視えた内容を口にする。

「まずは岡田先生、今日の朝は出がけにスーツにコーヒーを零し、慌てて着替えて出掛けられましたね。いつもより十分近くロスしてしまい、一本遅い電車に乗らざるを得なくなりました」

「どうしてそれを……」

「それからご自宅の書斎のデスクに、紙粘土で作ったマグカップが飾られています。水色の絵の具を塗ったもので、ピンクの花模様が四つ描かれており、幼稚園に通うお孫さんから先月の敬老の日にいただいたものです」

絢音が続いて水守の妻の名前や自宅の詳細な間取り、地方に住んでいる両親の詳し

い住所などを言い当てると、彼らは顔色を失くして言った。

「あなたには……本当に過去の出来事や遠くの場所のことが視えているのですね。お見それしました」

「今日お越しいただいたのは、今後お二人の身に危険が及ばないかどうか、わたしが千里眼で予見したいと考えたからです。結論から申し上げますと、お二人は数日後に暴漢から襲撃を受けます」

息をのむ二人に、絢音は襲われるであろう日時と場所を詳しく伝える。そして危険を回避するためのアドバイスをした。

「襲撃されるのは屋外で、相手は先生方を物陰に連れ込んで殴る蹴るの暴行をしようとしてくるはずです。ですからその時刻になる直前、タクシーなどに乗って該当する場所から退避してください。念のため、防犯ブザーなどを持っていただけると安心かもしれません」

「疑問なのですが、渡瀬さんが視た未来は既に確定しているものなのではないですか？　だとすれば、たとえ起きることがわかっていても回避するのは難しいのでは」

そんな水守の疑問に、絢音は頷いて答える。

「確かに現段階では決まっておりますが、起きるはずの出来事を回避することでその後の流れが変わります。そうして起きたズレがじわじわと波及し、未来が少しずつ変わっていくのは避けられませんが、お二人の身の安全に代えられるものではないでしょう」

襲撃が失敗したあと、相手は諦めずに再度襲撃を企てる可能性が高いため、絢音はその都度予見するつもりであると説明した。

すると岡田が居住まいを正し、真剣な表情で言う。

「絢音さんを信じます。一刻も早く天堂家の人権侵害を立証し、あなたが普通の生活を送れるよう尽力いたします」

「僕も同様です。これまで渡瀬さんの能力を搾取して財を蓄えてきた磴会の全貌を明らかにするべく、力を尽くします」

二人が帰っていったあと、絢音は強い疲労をおぼえて自室で休む。

短時間で千里眼を使いすぎたためだったが、後悔はなかった。

（岡田先生と水守先生を守るためには、これから二人の未来をこまめに視ることが必要になる。大変だけど、わたしのために骨を折ってくれているんだから頑張らないと）

先ほど千里眼で視た襲撃犯は、二十代とおぼしき若い男だった。

その顔にはまったく見覚えがないものの、おそらく天堂家が雇った人間に違いない。絢音が「弁護士二人に動いてもらい、人権救済を申し立てている」と発言したため、祐成はそれを阻むべく強硬手段に出たのだろう。

つまり自分の発言のせいで岡田と水守が迷惑を被っていることになり、絢音の中で罪悪感が募る。祐成がなぜこの案件に水守が関わっていることを特定できたのかは疑問だが、日坂家の顧問弁護士であるため、牽制する意味で嫌がらせをされているのかもしれない。

(お二人には、極力迷惑をかけてはいけない。殴られたときに打ちどころが悪かったら死んでしまうかもしれないんだから、何が何でも襲撃を回避しないと)

絢音が恐れているのは、今後弁護士たちだけではなく日坂家にまで影響が及ぶことだ。

見ず知らずの自分を庇護して力になってくれている彼らを、傷つけたくない。本当はこの屋敷を出ていくべきだと思うが、日坂の「君はここにいるのが一番安全だ」という発言、そして彼への強い恋情が絢音の動きを鈍らせている。

(自分が不安だからって哉さんの傍から離れたくないと思うの、すごく勝手だよね。祐成が何を仕掛けてくるかわからないのに)

ここ数日、絢音は出勤前の日坂にさりげなく触れ、彼の身に何か起こらないかを確認するのが日課になっていた。

一方で「こんなイタチごっこを続けるより、祐成の動きを確かめたほうが早い」と考えた絢音は、ときどき天堂家の屋敷の様子を千里眼で視ている。だがタイミングが悪いのか、いつも文机に向かって誰かと電話をしている祐成の姿や、屋敷を訪れた顧客に頭を下げている伯父など、当たり障りのない光景しか視えてこない。

何の収穫もない代わりに疲労ばかりが蓄積され、絢音は息をついた。

（少し落ち着こう。焦っても空回りしてしまうだけなんだから、ひとつひとつを確実にこなさないと。そのうち倒れてしまう）

そのときスマートフォンから短い電子音が鳴り、絢音はそちらに視線を向ける。手に取ってディスプレイを見ると倉成詠美からメッセージが届いていて、思わず微笑んだ。

以前彼女がこの屋敷を一人で訪れた際にトークアプリのＩＤを交換し、それから頻繁にやり取りしている。内容はその日あった出来事などごく他愛のないものだったが、やり取りをするうちに少しずつ打ち解けてきていて、絢音は小学校以来初めてできた友人といえる存在に心躍らせていた。

（こうしてメッセージのやり取りをしていると、直接会っていないのに親しくなれるから不思議。このあいだ直接会ってお話ししたときはお互いにぎこちない感じだったけど、また会ったら違うのかな）

そんなふうに考えながら返信したところ、詠美から「これからお屋敷に伺ってもいいですか」というメッセージがくる。

絢音は慌てて立ち上がって部屋を出ると、許可を得るべく千佐子の姿を捜した。しかし彼女は外出中で、「ならば断らなくては駄目か」と考えていたところ、ベテランの家政婦が事も無げに言う。

「倉成さまでしたら日頃から奥さまと懇意にされておりますし、このお屋敷に何度もいらっしゃっておりますから、お迎えしても問題はないと存じます」

「ありがとうございます」

詠美に了承の返事をすると、彼女はそれから三十分後に日坂家の屋敷を訪れた。

「こんにちは。お邪魔いたします」

高級洋菓子店のケーキを買ってきてくれたという詠美は、微笑んで言う。

「千佐子さんはいらっしゃいますか？　ご挨拶したいのですけど」

「今は出掛ていいて、夕方戻られるそうです」

「まあ、そうですか」

メッセージは頻繁にやり取りしていたものの、やはり実際に顔を合わせると少しぎこちなく、絢音は「当たり前か」と考えた。

（顔を合わせたのは二回だけだし、深い話をしていないんだから簡単に友達になれるわけがないよね。高望みしすぎたら、かえって失望しちゃう）

ならば身の程を弁《わきま》え、節度のある態度を取るべきだ。

そう思いながら絢音が詠美を二階の部屋に通すと、彼女は室内を見回してつぶやいた。

「このあいだのお部屋は、優佳さんのお部屋だったんですよね。ここは渡瀬さんの？」

「はい。このお屋敷に滞在しているあいだ、使わせていただいています」

お茶を運んできた家政婦が、二つのカップとお茶菓子をテーブルに置いて退室していく。ドアが閉まったタイミングで、詠美がソーサーを持ち上げながら口を開いた。

「このところずっと渡瀬さんとトークアプリでやり取りをしていたので、距離が近くなったように勝手に錯覚していたんです。でも、直接会うとやっぱり少しぎこちないですね」

苦笑いしながら言う彼女に、絢音は目を瞠って答える。

「わたしも……同じように思っていました。たくさんメッセージをくださってすごくうれしかったのに、口下手で申し訳ありません」

小学校以来、友人と呼べる者がいなかったせいか、いざ打ち解けようとしても上手く距離をつかみづらい。

そんなコンプレックスをおぼえて恥じ入る絢音に、詠美が慌てた顔で言う。

「謝らないでください。私のほうが年上な分、会話をリードするべきなのに……本当に駄目で、嫌になっちゃう」

互いに謝罪し、目が合った瞬間、彼女が困ったように笑った。そしてソーサーをテーブルに置き、語り始める。

「お恥ずかしい話、私は内気で人づきあいが苦手なせいか、お友達がほとんどいないんです。学生時代も自分から人に話しかけられなくて、いつも教室の片隅で読書をしていました。容姿にもコンプレックスがあるので、人前に出ると萎縮してしまうのもよくないんだと思います」

友人がいない――という詠美の発言に、絢音はシンパシーをおぼえる。

彼女とはまったく事情が違い、自分の場合は意図的に社会から隔絶されていたからだが、友人を望んでいるという点では同じだと感じた。

詠美が「でも」と言葉を続けた。

「渡瀬さんとは、初めて会ったときから何だか感覚が近い気がして。だから勇気を出して自分から距離を詰めようとしてしまったんです。もし迷惑だったら申し訳ありません」

「そんな」

頭を下げる彼女を前に、絢音は急いで首を横に振り、言葉を選びつつ言った。

「詠美さんがそんなふうに思ってくださって……うれしいです。実はわたしも事情があって、この十年間まったく友人がいない状態でした。ですから詠美さんと仲よくできて、すごく光栄です」

すると彼女が遠慮がちに、「あの」と問いかけてくる。

「このあいだ千佐子さんが渡瀬さんについて『遠縁の子を一時的に預っている』っておっしゃっていましたけど、一体どういうご関係なんですか？」

「それは……」

直球で質問をぶつけられ、絢音はしどろもどろになって答える。

「わたしのほうに、いろいろと事情があって……日坂家の家の方たちはそれに同情して、このお屋敷に滞在することを許可してくださっているんです。ですから〝遠縁〟

ということ、ちょっと語弊があるのですけど」

「では、本当のご親戚ではない？」

「その……、はい」

嘘をつけずに素直に頷くと、詠美が真摯な表情でこちらに向き直って言った。

「渡瀬さん、私はあなたとこの先いいお友達になれると確信してこうして会いに来たんです。よろしければ、その事情を話していただけませんか」

「えっ？」

「渡瀬さんの力になりたいんです。お話しするだけでも楽になるかもしれませんし」

突然の彼女の申し出に、絢音は驚いていた。

こちら側の事情はかなり特殊で、普通の人に説明してもにわかには信じてもらえない話だ。絢音の中には「あなたが持っている力のことは、他の人に話しては駄目」という母親の言葉が強く沁《し》みついていて、秘密を明かすのに躊躇いがある。

（でも……）

詠美の表情は真剣で、心から心配してくれていることが伝わってくる。

十年ぶりにできた〝友人〟はとてもうれしく、先ほどは自身のコンプレックスを打ち明けてくれてシンパシーを感じた。おっとりとして優しく、友人がいないという彼女にならば、少しはこちら側の事情を話してもいいかもしれない。

そんな思いがこみ上げ、絢音は自分がどうするべきか迷う。するとそんな様子を見た詠美が、やるせない表情になって言った。

「ごめんなさい。私の申し出は、渡瀬さんを困らせてしまっていますね。こんなふうに上手く人との距離を測れないから、私は友人がいないのかもしれません」

「いえ。詠美さんの申し出は、とてもありがたく思っています」

絢音は顔を上げてそう告げながら、目まぐるしく考える。

このまま彼女を帰してしまえば、きっと今後は親しく会うことはなくなるだろう。こちらの拒絶は元々人づきあいが苦手な詠美の心に新たな傷をつけてしまうかもしれず、絢音は「そんなのは駄目だ」と考える。

迷ったのは、一瞬だった。絢音は意を決し、「実は」と口を開く。

「わたしがこのお屋敷に滞在させていただいているのは……伯父の家から逃げ出してきたからなんです。わたしは十一歳の頃から十年間、母方の親族がやっている宗教団体で軟禁生活を送っていました」

絢音は自分が持つ力の詳細は伏せ、幼少期から磴会で〝巫女〟をしてきたことを説明した。

そして伏し目がちに言葉を続ける。

「この家のご子息の哉さんは、親戚の元から抜け出したわたしがたまたま街中でぶつかったときに親切にしてくださり、事態が落ち着くまでこのお屋敷に滞在してはどうかと提案してくれました。ご当主の圭祐さんは政財界で磴会の名前やわたしの噂を耳にしたことがあり、人道的見地から一家で力になると申し出てくださったのです」

それを聞いた詠美が目を瞠り、驚きの表情でつぶやく。

「十年間の軟禁生活って……学校は」

「ほとんど行っていません。小学校の卒業式や中学の入学式には出ましたけど、それ以外は数えるほどしか通えていなくて」

彼女が遠慮がちにかつての生活ぶりを問いかけてきて、絢音は丁寧に答える。

学校には行かず、巫女として訪れる人々に〝託宣〟するのが役目だったこと。勉強は従兄が家庭教師をしてくれ、高校一年生程度なら何とか理解できること。

テレビやインターネットは禁止されていたものの、文学作品や美術目録などを見るのは許されていたこと。クラシック音楽を日常的に聴いていたため、そうした分野の知識は幅広くあること――。

するとそれを聞いた詠美が、複雑な表情でつぶやいた。

「信じられないわ、そんな生活をしていただなんて。でも、渡瀬さんがどこか浮世離れした雰囲気なのは、世俗から隔絶されて生活していたからなのね」

「弁護士の先生に指摘されたことで自分を取り巻く環境の異常さを自覚して、それでようやく伯父の家から逃げ出したんです。今は法的手続きをしていただいているところで、伯父一家との関係を断ち切る方向で動いています」

話をしながら、絢音は「こんな話を聞かされて、彼女は一体どう思うだろう」と考えていた。

いくら「友人になりたい」と思っていても、人は自分の中の常識を超えたものには親近感を抱きにくい。そう考えていたものの、詠美の反応は思いもよらないものだった。

彼女は突然絢音の手をぎゅっと握り、身を乗り出すようにして告げる。

「そんな事情があったなんて、何と言っていいか。長年ご親族に閉じ込められていただなんて、本当につらかったでしょう。大変な苦労をされてきたのね」

「は、はい」

「言いにくいことを打ち明けてくれて、私、本当にうれしいの。だって本当のお友達みたい」

詠美の目がキラキラと輝いていて、絢音は戸惑いをおぼえる。

千里眼については伏せているため、彼女にすべてを話したわけではない。しかし異常ともいえる絢音の境遇を打ち明けられたことは、詠美の心の琴線に触れたらしい。

彼女が握る手に力を込めて言った。

「私で力になれることがあるなら、何でもおっしゃってね。いつでも相談に乗るつもりでいるから」

「い、いえ、お気持ちだけで充分です。哉さんが親身になってくれているので、今のところは何も不足はありません」

すると詠美が、訝しげな表情で問いかけてくる。

「もしかして渡瀬さん、哉さんと親密な関係でいらっしゃるの？」

それを聞いた絢音は、自分が会話の中でうっかり日坂との親密さを出してしまったのに気づく。

慌てて「あの……」と言いかけた瞬間、彼女が微笑んで言った。

「そうよね。渡瀬さんはおきれいだから、ひとつ屋根の下で暮らせばそういうこともあるわよね」

「違うんです、わたし……」

言い訳しようとする絢音に構わず、詠美が立ち上がって言った。

「じゃあ、また連絡するわね。いろいろと大変でしょうけど、わたしは渡瀬さんの味方ですから」

「は、はい」

「では、ごきげんよう」

＊＊＊

豊島区目白にある宗教法人・磴会の本部は一〇〇〇坪の広大な敷地を誇り、半分は日本庭園になっている。

屋敷ができた当初から四人のお抱え庭師がいて、春と秋の二回、数日かけた大規模な手入れをしてもらっていた。しかし今回は、それを見送る方針だ。祐成がそう告げると、母親の登季子《ときこ》が不満そうに言った。

「見送るって、一体どういうこと？　専門の庭師に手入れしてもらわなければ、庭は荒れ放題になってしまうのよ。そもそもこれだけの広さがあるんだから、誰かに頼まないと無理だし」

「庭の手入れ費用は、一回につき二五〇万円かかってる。その金が惜しい」

「そんな」

「母さん、絢音がいない今、磴会は危機的状況にある。数ヵ月先まで入っていた予約が全部キャンセルになり、この先の見通しが立たない状況なんだ。無駄遣いをしている余裕はないいんだよ」

今のところ資産は充分にあるものの、絢音を連れ戻す時期が明言できない状況では、なるべく支出を抑えたほうがいい。

元々登季子は浪費家で、これまで宝石や着物などに湯水のごとく金を使ってきた。それは絢音の千里眼が生み出す莫大な対価があったからであり、父も特段咎《とが》めることはなかったが、今は釘を刺さなければならない。

すると彼女が、ムッとした様子で問いかけてきた。

「あなたは無駄遣いとか言いますけどね、家にかかるお金はケチケチしたって仕方がないものでしょう。庭だけじゃないわ。絢音を逃がした家政婦の一人をクビにすることになって、そのあとは新しい人を雇っていないのに一体どうするつもり？　残った二人から、『手が足りない』って不満が出てるのよ」

「家政婦の補充も、今のところは保留だ。手が足りない分は、母さんが手伝ってくれると助かる」

それを聞いた登季子が目を見開き、「何で私が」とつぶやく。祐成は淡々と言葉を続けた。

「他にやる人間がいないからに決まってるだろう。絢音に関しては、今いろいろ動いてる。無事に彼女を連れ戻せたら元どおりの生活になるんだから、それまでは協力してほしい」

そう話している矢先にスマートフォンの着信音が響き、ディスプレイで名前を確認した祐成は、指を滑らせて電話に出る。

「はい、天堂です。……ええ」

居間を出て長い廊下を歩き、事務室に向かう。

秋の日差しが降り注ぐ中庭は、朝晩の気温差で木々が紅葉し、緑から黄色、赤に色を変えつつあった。苔《こけ》むした石灯篭《いしどうろう》の根元に落葉している様は雅だったが、剪定《せんてい》されず伸びている枝が幾分荒れた印象を醸し出している。

廊下の途中で足を止めた祐成は、ふと眉をひそめてつぶやいた。

「……失敗した？」

『ああ。年寄りのほうの弁護士を襲撃するために相手の自宅近くで待機していたが、その直前にタクシーに乗って逃げられてしまったらしい。もう一人も同様で、空振りに終わったそうだ』

電話の相手は半グレ集団の伏龍会の人間で、守屋《もりや》という男だ。

彼らと祐成は協力関係にあり、多額の謝礼を提示して邪魔な弁護士二人への制裁と絢音の身柄の確保を頼んでいた。

実力行使に出るようになったきっかけは、絢音と契約した岡田から「渡瀬絢音さんの人権救済が弁護士会で正式に受理されたため、事実関係の調査にご協力いただきたい」という連絡がきたからだ。

彼は天堂家が十年に亘って絢音を軟禁し、教育を受けさせる義務を怠ったこと、そして年端もいかぬ頃から彼女を労働に従事させ、その対価を支払ってこなかったことが深刻な人権侵害に当たる可能性があると指摘してきた。

「つきましては事実確認のため、当弁護士事務所での面談をお願いしたい」――そう通達された祐成は、返事を一旦保留している。

理由は岡田の連絡と前後して、弁護士の水守から「渡瀬絢音さんから長年の軟禁に関する相談を受けており、その対応を依頼された」「場合によっては、警察に被害届を提出したり告訴をすることもあり得る」という旨の書面が届いたからだ。

（水守は日坂家と顧問契約をしている弁護士だが、やはり絡んできたか。絢音が「弁護士を二人つけている」と言っていたから牽制の意味で脅しをかけたけど、被害届や告訴という流れになると厄介だな）

おそらくは絢音と一緒にいる日坂哉が、彼女に全面的に協力しているのだろう。弁護士に動かれるのは、正直言って頭が痛い。絢音を小学生の頃から軟禁状態にしてきたこと、そして千里眼の巫女として働かせていたのは事実であり、何より礎会の内情を探られるのはまずいからだ。

（和解を申し出れば告訴まではいかないだろうが、そうなると絢音はこちらには戻らない。だが弁護士二人を降ろすことができれば、まだ芽はある）

彼らの自宅に悪質な嫌がらせをしたのは、〝現在関わっている案件から手を引け〟という警告だ。

それでも活動をやめなかったため、祐成は伏龍会の人間に弁護士二人への襲撃を依頼した。殺害までする気はないものの、入院程度の怪我をすれば、彼らはきっと怖気づいて手を引く――そんな計算があった。

だが実際は事に及ぶ寸前、二人とも現場に到達せずに突然進路変更をし、襲撃は失敗に終わったという。それを聞いた祐成は、ひとつの可能性について考えた。

（もしかすると、絢音が襲撃を予見したのかもしれない。二人の自宅への嫌がらせがあったことで警戒して未来を視たのなら、充分あり得る）

絢音は相手の手に触れることで未来や過去を視るが、弁護士なら打ち合わせのときに接触することは可能に違いない。これまでさんざん利用してきた彼女の力が、こちらの動きを邪魔している――それに気づいた祐成は、ぐっと奥歯を噛みしめた。

（ここ最近弁護士たちの動きを監視させていたが、彼らは二日前に日坂家の屋敷を訪れたことが伏龍会の人間によって確認されている。絢音はこっちの動きを警戒して、弁護士と面談する場所を日坂家にしたのか？　だったら彼女は一体いつ屋敷に入ったんだ）

これまで何とか絢音の身柄を確保するべく伏龍会を使って行方を捜しているが、有力な手掛かりは見つかっていない。

てっきりどこかのホテルに閉じこもっているのかと思っていたが、もしかすると日坂が自身の手元に匿《かくま》っている可能性もある。

彼の整った顔を思い浮かべた祐成は、憎しみがふつふつとこみ上げるのを感じた。これまで絢音の傍に一番長くいたのは自分であり、誰よりも彼女のことを知っているはずなのに、突然現れたあの男が今は保護者面をしている。

それどころか恋仲になっているかもしれず、祐成の心には「日坂に自分のものを横取りされた」という思いが強くあった。

（そうだ。俺と絢音は婚約しているも同然で、来年には籍を入れるつもりだった。あの男に不貞の慰謝料を請求してもいいくらいだ）

絢音を連れ戻すのは〝千里眼の巫女〟としての価値はもちろんだが、婚約者という自分の立場を思えば正当な行為であるといえる。

日坂が世間知らずの彼女を誑《たぶら》かし、まんまと手元に留め置いているばかりか、こちらから逃げるための指南をしているのだとすれば、それは許しがたい。

そんなふうに結論づけ、スマートフォンを強く握った祐成は、電話の向こうの守屋に向かって呼びかけた。

「もしかすると、襲撃する計画が向こうにバレているのかもしれません。ですから弁護士二人を襲うのは一旦取りやめ、絢音の身柄を確保することに集中していただけますか」

絢音は今のところこちらを警戒してどこかに身を潜めているものの、いずれ外出するときが来るはずだ。

そのとき間違いなく身柄を確保してほしいと告げると、彼が了承して電話を切った。

耳からスマートフォンを離し、画面を閉じた祐成はじっと考える。

（やはり何としても、絢音を連れ戻すのが一番だ。彼女を説得し、弁護士にした依頼を取り下げてもらえば、何もかも元どおりになる）

絢音を説得するためには、多少手荒い手段に出るのもやむを得ないと祐成は考えていた。

二度と逆らう気が起きないように、自分が一体誰のものなのかをその身にわからせる。これまでは腫れ物に触るように優しくしてきたが、それが彼女に勘違いさせてしまったのならば厳しい態度を取る必要があるだろう。

そう決意を新たにした祐成は、庭に視線を向ける。そして落ち葉が散る地面を見つめ、絢音を連れ戻してからのことに思いを馳せた。

＊＊＊

常務である日坂の仕事はデスクワークと会議が主で、いつも社内のあちこちの部署を行き来しては打ち合わせに参加している。

午後六時半、金属資源本部との会議を終えた日坂は、廊下に出て小さく息をついた。

ひとつ下の階にある自分のオフィスに戻りながら、このあとの段取りを考える。

（このまま帰りたいのは山々だが、打ち合わせの内容を早急にまとめなきゃならないし、鉄鋼製品本部に確認することがいくつかある。あまり残業はしたくないが、仕方ないか）

早く帰宅したい理由は、絢音のことが心配だからだ。

先週から弁護士の岡田の自宅に嫌がらせが相次ぎ、それは日坂家の顧問弁護士である水守にも波及した。それがこちらの自宅にも及ばないという保証は一切なく、日坂は眉をひそめる。

（絢音が千里眼で視た暴漢の襲撃日時は、今日だったはずだ。岡田先生と水守先生は、無事に回避できたのかな）

仕掛けてきているのはおそらく天堂家で、形振《なりふ》り構わない卑怯《ひきょう》なやり方に怒りをおぼえる。

岡田は絢音の人権侵害について調査を開始しており、祐成に自分の事務所まで来てくれるように要請したというが、返事がないらしい。一方、水守は絢音の個人弁護についており、一連の嫌がらせはおそらくそれに対する報復なのだろう。

絢音が視た未来では二人は今日暴漢に襲われることになっていて、そこまで強硬手段に出るということは、伯父一家は是が非でも彼女を取り戻したいと考えているので間違いない。

そのため、日坂は絢音に「外に出ないでほしい」と要請した。セキュリティが万全な屋敷の中にいればおいそれと手が出せないと踏んでのことだが、彼女は快諾してくれたものの心の中には罪悪感がある。

(屋敷の中に閉じ込めるなんて、俺がやっていることは絢音の伯父や従兄と同じじゃないかな。彼女を手放したくなくて、手元に囲い込んで安心しようとしてる)

絢音と恋人同士になって二十日余り、愛情は増すばかりだ。

彼女の清楚な美貌や慎ましい性格、世間ずれしていない純粋さは、日坂を魅了してやまない。絢音にとっては千里眼という能力がコンプレックスのようだが、日坂はまったく気にならなかった。

それどころか、神秘的なところも含めて彼女の魅力だと考えている。

(出会ってまだ日が浅いのに、こんなにも惹かれているなんて。これまで長く一緒にいた天堂祐成の執着が強くて当たり前かもしれない)

祐成にしてみれば、突然湧いて出た日坂に絢音を奪われた現状はきっと腸《はらわた》が煮えくり返る思いだろう。

だが彼女のほうには恋愛感情はなく、むしろ従兄との結婚話が秘密裏に進んでいたことにショックを受けて出奔してきたのだという。ならば日坂は、祐成に絢音を譲る気はない。どんな横槍を入れてこようと、それを跳ねのけるつもりだ。

(そうだ。絢音の身を守るためには、天堂家との問題が片づくまで行動を制限するのは仕方がない。外に出掛けられない分、何か気晴らしになるようなことを考えよう)

そう気持ちに折り合いをつけた日坂は、その後鉄鋼製品本部に連絡を取っていくつか確認し、会議の内容をまとめる。

会社を出たのは、午後八時半だった。自分で車を運転して十五分ほどかけて帰宅し、ガレージに駐車して家に入ると、千佐子が出迎えてくれる。

「おかえりなさい、哉」

「ただいま」

「お夕飯は？」

「軽くもらおうかな」

この時間は既に家政婦たちが退勤しているため、千佐子が夕食を温めてくれる。

食事を済ませて二階に上がると、絢音の部屋の灯りがドアの隙間から漏れ出ているのが見えた。日坂はドアをノックし、しばらく待つ。すると絢音が顔を出し、微笑んで言った。

「おかえりなさい、哉さん」

「ただいま。よかったら、これから俺の部屋に来ないか？」

彼女が「はい」と頷き、後をついてくる。

自室に足を踏み入れた日坂は灯りを点け、ビジネスバッグをソファに置いた。そしてネクタイを緩めていると、絢音が口を開く。

「少し前に、岡田先生と水守先生から連絡がきました。お二人とも無事に襲撃を回避できたそうです」

「そうか、ずっと気になっていたんだ。二人に怪我がなくてよかった」

すると彼女が「でも」と言葉を続ける。

「向こうは諦めないかもしれませんし、また襲われる可能性を考えると、こまめに予見をしなければなりません。わたし、先方の事務所に伺っても構わないでしょうか」

「いや、君は外に出ないほうがいい。二人には手間をかけさせてしまうが、この屋敷まで来てもらおう」

絢音の表情がわずかに曇ったのに気づき、日坂は急いで言葉を付け足す。

「誤解してほしくないんだが、俺は天堂家のように絢音を閉じ込めるつもりはない。

君の身体的自由と意思は何よりも優先されるべきものだと考えているが、今は向こうが仕掛けてきている状況だ。絢音の身の安全が第一だから、しばらくのあいだ我慢してほしい」

するとそれを聞いた彼女が、遠慮がちに応える。

「わかっています。わたしが心配していたのは、このお屋敷にご厄介になっている身でありながら、我が物顔で先生方を呼びつけるのがご両親にどんなふうに思われるかということです。ご不快に思わなければいいのですけど」

「そんなのは気にしなくていい。君が今どういう状況にあるか、二人は充分理解してくれているから」

日坂が先日、「岡田弁護士の自宅に、嫌がらせがあったようだ」と報告したとき、父の圭祐は「そうか」とつぶやき、しばらく沈黙した。

もしかすると絢音を別の場所に移すように言われるかもしれないと覚悟していた日坂だったが、父は「ならば渡瀬さんに危険が及ばないよう、より一層気をつけなければならないな」「千佐子や家政婦さんたちにも、注意喚起しておこう」と言ってくれ、心からホッとした。

日坂がそう語ると、彼女は何ともいえない表情になってつぶやく。

「圭祐さんも千佐子さんも、わたしがいることを迷惑だとはおっしゃらないんですね。お二人とも本当に大らかで、優しくて……逆に申し訳なく思います」

絢音が顔を上げ、微笑んで言葉を続けた。

「それに、哉さんも。『外に出ないでほしい』という要請はわたしの身を案じてのことだとわかっていますから、そんなふうにお気遣いいただかなくて大丈夫ですよ。元々自由のない生活をしてきたので、外に出ないのには慣れてます」

彼女の表情は無邪気で、それを見た日坂の胸が締めつけられる。

絢音はいつも謙虚で、こちらの気遣いを当たり前だという態度を取らないからこそ、何でもしてやりたくなる。それは長いこと世間から隔絶されていたために培われてきた純粋な部分であるのかもしれず、彼女の美点と言っていいだろう。

日坂は絢音の頭にポンと手を乗せ、笑って言った。

「ありがとう。君にそう言ってもらえて、助かる。お詫びにと言っては何だけど、いいものを見せようか」

「えっ？」

日坂は部屋のクローゼットを開け、目的のものを探す。やがて取り出したものを見た彼女が、興味深そうにつぶやいた。

「哉さん、それって……」

「天体望遠鏡だ」

アルミケースから鏡筒を取り出し、そこにファインダーとフリップミラーを取り付ける。三脚を立てて微動ハンドルを付け、ある程度室内で下準備を終えてから二人でバルコニーに出た。

外に出ると、ひんやりとした夜気が全身を包み込んだ。日坂の部屋には奥行きが数メートルの広いバルコニーがあり、天体観測にはうってつけだ。

スリッパで外に出た日坂は、三脚の上の架台に鏡筒を固定する。そしてアイピースをセットし、光軸調整ネジを回して対象が視野の中心にくるように調整したあと、絢音に向かって言った。

「できたよ。望遠鏡に手を触れると手の振動が伝わって視界がブレてしまうから、本体に触らないように覗いてみて」

「――……」

彼女が身を屈め、おずおずとレンズを覗き込む。そしてすぐに目を輝かせ、日坂に向かって言った。

「哉さん、すごい、月が大きく見えます……！」

「ああ」

今日の月齢は半月に近く、残念ながら真ん丸の月ではないが、それでも肉眼で見るよりはるかに拡大されたものを目の当たりにするのは新鮮なはずだ。

絢音がレンズを覗き込みながらつぶやいた。

「月の表面のクレーターまで、はっきり見えます。哉さん、天体観測が趣味だったんですか？」

「大学のときにちょっと嵌《は》まって、一式購入したんだ。月以外にも別の惑星を見たり、星座や流星の観察もできるよ」

秋は明るい星が少ない時季だが、静かで穏やかな夜空を愉しめる。

それから見る角度を変えて秋の星座を見たり、一等星を探したりするたび、彼女は笑顔を見せていた。しかし三十分ほど経過すると少し寒そうなそぶりをし、日坂は自分のスーツの上着を脱いで絢音の肩に掛けてやる。

「ありがとうございます。でも、わたしに貸したら哉さんが寒いんじゃ……」

「俺は大丈夫だ。あらかじめ上着を用意しておけばよかったな」

すると彼女がスーツの前を掻き合わせ、面映ゆそうな表情でつぶやく。

「あったかいです。こうして羽織ってみると、哉さん、すごく身体が大きいんですね」

「君が細すぎるんだよ」

微笑む絢音が可愛らしく、それにぐっと気持ちを引き寄せられた日坂は、彼女の唇に触れるだけのキスをする。絢音がじわりと頬を染め、小さく声を漏らした。

「ぁ、……」

吸い寄せられるように再び顔を寄せた日坂は、舌先で彼女の唇の合わせをなぞった。わずかに開いたそこから入り込み、徐々にキスを深めていく。

絢音の小さな舌は柔らかく、合間に漏らすあえかな吐息がいとおしかった。彼女がうっすら目を開け、潤んだ瞳をこちらに向ける。

見つめ合いながらするキスは官能的で、いつまでも唇を離すことができなかった。やがて絢音が日坂のシャツをぐっと握ってきて、ようやく顔を離す。息を乱した彼女が、涙目で言った。

「ごめんなさい。上手く息ができなくて……」

「いや」

小柄な身体を抱き寄せると、絢音が素直に体重を預けてくる。目元やこめかみに啄《ついば》むようなキスをしたところ、彼女がくすぐったそうに笑った。

（……可愛いな）

　無防備な笑顔を見せてくれる絢音を見つめ、日坂の心がじんわり温かくなる。すっぽりと腕の中に収まる華奢な身体にいとおしさを感じながら、日坂は彼女に提案した。

「すべてが落ち着いたら、天体観測をしに郊外に出掛けようか。あったかいコーヒーをポットで持っていって、ブランケットできっちり防寒して、街灯の灯りが届かない中で満天の星を見るんだ」

　すると絢音が目を輝かせ、こちらを仰ぎ見て勢い込んで答える。

「行きたいです……！　やっぱり都心に比べて、郊外のほうがよく見えますか？」

「もちろん。空にはこんなにたくさんの星があったのかって、きっとびっくりするよ」

　それを聞いた彼女が、わくわくした表情で笑った。

「すごくうれしいです。……哉さんと先に繋がる約束ができて」

　たかが約束ひとつでこんなにも喜んでいる絢音を前に、日坂は何ともいえない気持ちになる。

　彼女のためならどんなことでもしたいと考えているのに、一体どうしたらそれが伝わるのだろう。

（もう少し時間が必要なのかな。俺たちはまだ、出会って日が浅いんだし）

少しずつ信頼を積み重ね、自分がどれだけ絢音を大切に思っているかをわかってもらうしかない。そう結論づけた日坂は、彼女を見下ろして告げる。

「天体観測だけじゃなく、時間が許すかぎりいろいろなところに行こう。君は今まで自由がなかったんだから、温泉旅行とか遊園地もいいかもな」

「わたし、小学校も中学校も修学旅行に行けなかったので、旅行に行ってみたいです。それに遊園地も」

絢音が「ふふっ」と笑い、上気した顔で日坂を見る。

「約束がいっぱいって、何だかうれしいですね。楽しい未来が約束されているみたいで」

「絢音には千里眼があるから、何が起きるか先にわかるんじゃないか？」

「自分に関することって、他の人を視るときより若干感覚が鈍る感じなんです。それによほどのことがないかぎりは、あえて視ようとしません。きりがないので」

言われてみれば、そういうものだろうか。確かに彼女は千里眼を使うと疲れると言っていたため、わざわざ自分の未来を視ようとは思えないのかもしれない。

空には淡い色の半月が浮かび、周囲を柔らかく照らしていた。ひんやりとした風が吹き抜けていき、肌寒さをおぼえる。日坂は望遠鏡を三脚ごと持ち上げて言った。

「そろそろ中に入ろうか」

室内に入ると、彼女がスーツの上着を返してくる。

「上着、ありがとうございました。わたしはもう部屋に戻ります。おやすみなさい」

部屋を出ていこうとする絢音を、日坂は背後から抱き寄せる。そして彼女の耳元でささやいた。

「――もう少し一緒にいたいと思うのは、俺の我儘かな」

「あ、でも……ご両親が」

「声を出さないようにすれば大丈夫だ」

かあっと頬を染めた彼女が、一瞬躊躇ったあと、気恥ずかしげにつぶやく。

「わたしも……哉さんと一緒にいたいです」

ソファに腰掛けた日坂は、立ったままの絢音の身体を抱き寄せた。そしてその胸元に顔を埋め、柔らかな感触と甘い香りを愉しむ。

絢音がそっとこちらの髪を撫でてきて、日坂はカットソー越しに彼女の胸のふくらみをやんわり噛んだ。すると絢音がピクリと身体を震わせ、小さく声を漏らす。

「ん……っ」

部屋の外に聞こえないようにという配慮なのか、唇を引き結んで声を抑える様子が可愛らしく、日坂は彼女の後頭部を引き寄せるとその唇を塞いだ。

そしてソファの座面に絢音の身体を横たえ、丁寧に愛撫する。

「……ぁ……哉、さん……っ」

押し殺した声を漏らした彼女が腕を伸ばし、こちらの髪を乱してくる。

その指を捕らえて握り合わせながら、日坂はじっくり時間をかけて絢音の身体を高めた。そして避妊具を着け、彼女の中に押し入る。

「あ……っ」

思わず高い声を上げた絢音が、慌てて自身の口元を手で覆った。

少しずつ速めていく律動に、彼女が涙目でくぐもった声を漏らす。熱っぽい眼差しで絢音を揺さぶっていた日坂は、やがて彼女の腕を引いて起き上がらせ、その身体を自身の膝の上に乗せた。

「うぅ……っ」

より深く日坂を受け入れることになった絢音が、小さく呻く。

その腰を抱え、きつくなった締めつけを感じながら動きを再開すると、彼女がこちらの首にしがみついてきた。

「……っ……哉、さん……っ」

「キスしよう、絢音」

絢音の喘ぎを封じ込めるためにそう提案すると、彼女のほうからぶつかるように唇を塞いでくる。

熱く舌を絡めながらの律動は、日坂に眩暈がするような愉悦を与えた。互いに果てたあとは汗だくで、呼吸が整わない絢音の頭を肩口に引き寄せた日坂は、彼女の耳元で問いかける。

「ちょっと激しくしてしまったけど、どこもつらくないか？」

「……っ、はい」

間近で目が合った瞬間、絢音が恥ずかしそうな顔でぎゅっと首に抱きついてきた。そのしぐさにいとおしさをおぼえながら、日坂は彼女の乱れた髪を撫でて告げる。

「──さっきの話だけど、君とした約束は全部守るつもりだから」

「えっ？」

「天体観測や旅行、遊園地の話。早く実現できるように、天堂家の問題を片づけよう」

すると絢音が面映ゆそうに微笑み、答える。

「はい。でも哉さんやご両親、それに弁護士の先生方を危険な目に遭わせるのは本意ではありません。だからわたしは、わたしにできることを精一杯するつもりです」

「千里眼を使いすぎるのは身体の負担になるんだし、必要最低限に留めてくれ。君が無理しないように、俺が動けるところは動くから」

日坂が「身辺警護会社に依頼して、弁護士たちと両親に警備の人員をつけようと思っている」と話すと、彼女が眉を上げて言った。

「そういうものがあるんですか？」

「ああ。外出時に同行してくれて、もし襲撃があって相手が暴力行為に訴えてきた場合でもすぐに対応できるらしい。海外から来た芸能人とか要人の警護をしている会社だから、信頼できると思う」

費用はかなりかかるものの、それで安全が確保できるのならまったく惜しくない。

そう考えながら、日坂は「だから」と言葉を続けた。

「絢音は極力、千里眼を使わないでくれ。天堂家の問題は、俺と弁護士の先生たちが必ず何とかするから」

「わかりました」

第七章

そっとドアを開け、暗い廊下に人がいないのを確かめた絢音は、日坂を振り返る。

そして彼に向かって、ひそめた声で告げた。

「じゃあ、おやすみなさい」

「おやすみ」

廊下に出て自室に戻る絢音の身体には、情事の余韻が色濃く残っていた。つい先ほどまでの時間を思い出した絢音は、じんわりと頬を赤らめる。

（必死に声を我慢したけど、外に聞こえてなかったかな。わたしたちが何をしてるかがもしご両親にばれたらと思うと、いたたまれない）

今日、いつもより遅い時間に仕事から帰ってきた日坂は、絢音を自室に招いて天体観測をさせてくれた。

初めての経験だったものの、望遠レンズ越しに見る月や星は美しく、思いのほか夢中になったひとときだった。彼は絢音の身の安全を考慮し、「屋敷の外に出ないでほしい」と要請していて、おそらく突然の天体観測の誘いは絢音を愉しませるために考えてくれたことだったのだろう。

そんな日坂の気遣いに、絢音の心がじんと温かくなる。

(哉さん、そんなに気を使ってくれなくていいのに。祐成が何かを企んでいる状況なわたしが外に出ないほうがいいのは当然だし)

彼は自分の両親や二人の弁護士のため、専門の会社に身辺警護を依頼するつもりだと言い、絢音は大いに安堵した。

とはいえそれにはかなりの金がかかるに違いなく、自室のドアを開けながら考える。

(身辺警護にかかるお金は、わたしに支払わせてほしいって明日伝えよう。銀行口座にある両親の遺産で、充分賄えるはず)

室内に入ると、テーブルの上に置かれたスマートフォンがチカチカと点滅しているのがわかる。

手に取ってみるとトークアプリのメッセージが何通もきており、絢音は表情を曇らせた。送信者は〝倉成詠美〟となっていて、未読メッセージは八通に及ぶ。

彼女からこうして頻繁にメッセージがくるようになったのは、二日前の水曜日からだった。その前からアドレスの交換をしていたものの、一気に頻度が増したのは絢音が自身の身の上について打ち明けてからだ。

あれから詠美は「わたしは渡瀬さんの味方だから」「何でも話してね」というメッセージに始まり、亡くなった両親がどんな人物だったのか、天堂家に引き取られた経緯はどうだったかなど、根掘り葉掘り聞いてくるようになった。

それはこちらの相談に乗るというより、〝とにかく絢音に関することを、すべて知りたい〟と考えているのが透けて見え、対応に苦慮していた。最初は丁寧に答えていたものの、磴会での絢音の役割や十年間軟禁された理由などを聞かれても、詳しいことは話せない。

絢音の返答が滞ると、詠美の連絡はより頻度を増すようになった。先ほど届いたメッセージには「渡瀬さんが哉さんと交際している事実を、ご夫妻はご存じなの？」「もしかしてあなたは、自分の居場所を作るために自分に親切にしてくれた哉さんとつきあっているの」と書かれており、絢音は眉をひそめた。

（詠美さんのメッセージ、だんだん粘着質になってきてる。こっちの気持ちを無視してプライバシーを根掘り葉掘り聞くのが、彼女の思う〝友達〟なの？）

最初に「あなたの事情を話してほしい」と申し出てきたとき、詠美はとても真摯に見えた。内気な彼女がグイグイくるのは、自分と友人になるためにしてくれている努力に違いない――そう考え、うれしく思っていたものの、ここ数日は気が重くなっている。

再び電子音が鳴り、ディスプレイを見ると、「あなたは哉さんではなく、私を頼るべきよ」「よかったら、うちの屋敷に滞在しない？」と書かれていて、絢音はぐっと唇を引き結んだ。

（詠美さんとは……少し距離を置こう。こんなに連絡を寄越されるのは疲れるし、倉成家のお屋敷に身を寄せる気もない。メッセージを送ってきても当たり障りのない返信をしていれば、そのうち熱も冷めるはず）

そう考え、「お気持ちはとてもありがたいのですが、わたしがそちらのお屋敷に滞在すればご迷惑をかけてしまいます」「状況が落ち着き次第、こちらからご連絡いたします」という内容を返信し、小さく息をついた。

しかしその見通しは甘かったことが、翌日になって証明された。詠美のメッセージの頻度は増し、「ねえ、見てる？」「どうして返事をくれないの。失礼よ」という苛立ち紛れの内容になって、絢音は仕方なく「体調が悪くて休んでいます」という返信を送った。

すると午後になって部屋のドアがノックされ、千佐子が廊下から言った。

「渡瀬さん、具合が悪いんですって？　詠美さんがお見舞いにいらしてくださったわよ」

「えっ」

返事をする間もなくドアが開き、ソファで半分横になっていた絢音は慌てて身体を起こす。視線を向けると、そこには千佐子と詠美の姿があり、呆然とつぶやいた。

「詠美さん、どうして……」

「絢音さんに何度メッセージを送っても返信がないから、心配になってお邪魔したの」

いつの間にか呼び方を〝絢音さん〟に変えた彼女が、にこやかに答える。

千佐子が心配そうに言った。

「渡瀬さんの具合が悪いだなんて、私は全然気づかなかったわ。大丈夫？　お医者さまに往診に来ていただきましょうか」

「だ、大丈夫です」

彼女がお茶の用意をするために去っていき、絢音と詠美だけが残される。

気まずく視線をさまよわせる絢音に、詠美がにこやかに言った。

「思ったより元気そうで安心したわ。メッセージが何だか素っ気ないし、電話をしても出ないから、てっきり寝込んでいるのかと思ってお見舞いに来たの」

「お気遣いいただいて、すみません。おかげさまで、少しよくなりました」

わざわざ日坂家の屋敷まで来た彼女の目的は、一体何だろう。

初めて会ったときの詠美はどこかおどおどとして、こちらとの距離を測りかねている感じだったが、今日は見違えるように堂々としている。彼女は勝手知ったる様子で部屋の中を進むと、ソファにいる絢音の隣に座り、ニコニコして言った。

「ね、それより考えてくれた？」

「何をですか？」

「私のお屋敷に来るようにお誘いしたでしょう。すごく楽しみにしているのよ」

詠美が昨日終わったはずの話題を蒸し返してきて、絢音はぎこちなく答えた。

「あの……大変申し訳ないのですが、わたしはここから移動する予定はありません。詠美さんのお気持ちはとてもありがたいのですけど、お断りさせてください。すみません」

すると彼女が気分を害した様子で、こちらを見る。

「どうしてそんな他人行儀なことを言うの。私たち、お友達でしょう？」

「それは……」

「私、絢音さんとお友達になれてすごくうれしかったの。あなたはまるでお人形のようにきれいで、こんなに美しい人が私のお友達になってくれるだなんて夢のようだと思ったわ。しかもとても清らかで、優しくて」

　そう言って詠美は絢音の髪に触れ、うっとりとつぶやく。

「真っすぐでサラサラの髪とシミひとつない白い肌、長い睫毛と大きな瞳……絢音さんは白百合のようにあでやかで、私の理想そのものよ。こうして傍にいると夢見心地で、いつまでだって見つめていたい。誰かに対してこんなふうに思うなんて、初めてなの」

　彼女の眼差しは熱を孕んでいて、まるで恋をしているようにも見え、絢音は戸惑いをおぼえる。そのとき部屋のドアがノックされ、「はい」と返事をすると、お茶が載ったお盆を手にした家政婦と一緒に千佐子が現れて言った。

「私も同席したいところなのだけど、残念ながらこれから出掛ける用事があるの。もしこのあと具合が悪くなることがあったら、すぐに家政婦さんに言ってちょうだいね。お医者さまの手配をするように頼んでありますから」

「ありがとうございます」

「では詠美さん、ごゆっくり」

　千佐子が去っていき、お茶を提供した家政婦が一礼して退室し、ドアが閉まる。

　詠美と二人きりになった絢音は、気まずさを押し殺しつつ口を開いた。

「詠美さん、お気持ちはとてもうれしく思いますが、わたしはここから動く予定はありません。実は親戚がわたしを連れ戻すために血眼になっていて、弁護士さんたちが嫌がらせを受けたりとご迷惑をおかけしている状況なんです。ですから」

「あら、だったらなおさら私の家に来たほうがいいわ。どんなことをしたって絢音さんを守るって約束するし、それはうちの両親も同様よ」

彼女はこちらの手を取り、ぎゅっと強く握ると、絢音に顔を寄せてささやいた。

「あなたのことを一番心配しているのは、私。こうして出会えたことは、きっと運命なのよ。だから安心して頼ってくれるとうれしいわ」

詠美の瞳は爛々《らんらん》と輝いており、握った手からねっとりとした執着を感じ取った絢音は、ゾワリと怖気《おぞけ》をおぼえる。

同性の友人で、この距離感はおかしい。一体何が彼女の心の琴線に触れたのかはわからないが、詠美は絢音に対して並々ならぬ執着を抱き、自身の手元に置きたいと考えている。

(何もかも知って支配したいなんて、まともな友情じゃない。……この人とは距離を置いたほうがいい)

そう考えた絢音は、つかまれていた手を振り解《ほど》く。そして彼女を正面から見つめ、言葉を選びながら告げた。

「わたしが詠美さんに何かをお願いすることはありませんし、現在弁護士さんや哉さんにいろいろと動いていただいているところです。体調も思わしくありませんので、大変申し訳ないのですが、今日はもうお引き取りいただいてもよろしいでしょうか」

「あら、遠慮しないで」

「遠慮ではありません」

簡潔に答えると、絢音の本気を悟ったらしい詠美が真顔になり、ポツリと言う。

「……どうして？　こんなに心配してあげてるのに、どうして絢音さんは頑なにそれを拒否するの。お友達として大切にしてあげるっていうことの、一体何が不満？」

「そんなふうに一方的に庇護される関係は、対等ではありません。急激に距離を詰めてこられても、お応えできることとそうではないことがありますし」

それを聞いた彼女がじわりと頬を紅潮させ、かすかに声を震わせて告げる。

「……ひどい。絢音さんまでそんな態度を取るの？　私が仲よくしようとする人は、いつもそう。最初はニコニコして優しくしてくれるのに、いざ私が距離を詰めようとすると、皆潮が引いたようにいなくなってしまうの。お友達なら、その人の何もかもを知りたいと思って当たり前じゃない？　だってそれまでのことを何も知らないんだもの、いろいろ聞いて一体何が悪いの」

詠美は「それに」と続け、絢音を見る。

「絢音さんの境遇を聞いたら普通の人とは違う育ち方をしていて、『私が絶対に守ってあげなきゃ』って強く思ったの。今はたまたま日坂家にお世話になっているけれど、別にそれはうちだって構わないでしょう？　あなたと一緒に暮らすのを想像するだけで、すごく楽しくて時間を忘れたわ。毎日たくさんお喋りをして、きれいなお洋服で着飾らせてあげるし、何ならお部屋も同じでいいわね。私が生活の全部をお世話するから、絢音さんは身ひとつで来てくれればいいのよ」

彼女の妄想ともいえる発言を聞いた絢音は、ぐっと唇を引き結ぶ。

（詠美さんが言っているのは、〝友人〟ではなくペットだ。この人はお気に入りのわたしを自分の手元に閉じ込めて、人形のように愛玩したがってる……）

三度目に会ったとき、詠美は「人づきあいが苦手で、友人がいない」と言っていたが、それはこの距離感のない性格のせいだ。

おそらく彼女は一度ターゲットを決めたら、その相手にとことんのめり込んでしまう性質《たち》なのだろう。だが絢音は、これまでの籠の鳥のような生活が嫌で天堂家を飛び出してきている。

多少なりともそうした事情を知っている詠美が、伯父一家と同じように自分を閉じ込めようとしているのは、皮肉でしかなかった。絢音は彼女を見つめ、毅然《きぜん》として告げた。

「一方的に守ったり依存する関係は、友人とは言えないと思います。わたしは詠美さんが考えるおつきあいには応じられませんので、正式にお断りさせてください」

すると詠美が言葉を失くしてこちらを見つめ、やがて屈辱をおぼえたように唇を震わせる。絢音の顔を食い入るように見つめていた彼女は、やがて口を開いた。

「そう。絢音さんはわたしを、そんなふうに拒絶するのね」

「……………」

「もしあなたが私の元に来てくれたらお断りしようと思っていたけれど……そうじゃないから教えてあげる。実は私とこの家のご子息である哉さんに、縁談話があるのよ」

「えっ」

「最近母が私の結婚を考え始めて、友人である千佐子さんのご子息の哉さんならどうかと思ったみたいなの。まったく知らない相手より、母親同士が仲よしのほうが、スムーズに話が進むものね」

詠美と日坂に縁談話があるなど、絢音にとっては寝耳に水だ。

彼女が言葉を続けた。

「哉さんとは以前どこかのパーティーで面識があって、印象は決して悪くはなかったわ。私自身は彼について何とも思っていなかったけれど、絢音さんとおつきあいしているのだと聞いて嫌な気持ちになった。だって世間慣れしていないあなたをまんまと囲い込んでいるのなら、私の敵だもの」

「……………」

「今も哉さんにはいい感情を抱いていないけれど、絢音さんが私を拒絶するなら話は別よ。あなたへの罰として、私は縁談を進めてもらうつもりでいるわ。たとえ絢音さんが哉さんのことを好きでも、彼と結婚できるのは家柄が釣り合っている私。そもそも怪しい宗教団体の巫女をしていたあなたは、名家である日坂家にふさわしくないとこちらのご両親は考えていると思うのだけど、どうかしら」

詠美の言葉が、絢音の心に鋭く突き刺さる。

日坂に彼女との見合い話が出ているなど、初耳だった。しかし詠美は大病院の院長の娘で、日頃から千佐子と懇意にしている。つまり家柄的に問題はなく、そうした話が出てもまったくおかしくない。

（確かにわたしが哉さんと釣り合っていないのは、折に触れて感じてた。でも、まさ

か詠美さんと縁談が進んでいるなんて）

青ざめる絢音を見つめ、彼女がにんまり笑う。そして嬲《なぶ》るような口調で言った。

「あなたが私の気持ちを受け入れてくれたら、哉さんとの縁談は断ろうと思っていたのに。でも、こうなってしまった以上は仕方がないわよね」

「……」

「私と哉さんの正式なお見合いの前に、絢音さんにはこのお屋敷を出ていってくれると助かるわ。血縁でもないあなたが我が物顔でここで暮らしているのは不自然だし、私の夫となる哉さんと不適切な関係を続けられたら困るもの」

詠美が立ち上がり、自身のバッグを手に取る。そしてこちらを見下ろし、微笑んで言った。

「せっかく仲よくなれると思っていたのに、残念ね。――では、ごきげんよう」

詠美が部屋を出ていき、室内はしんと静まり返る。

テーブルの上では、紅茶が入ったカップがかすかに湯気を立てていた。ソファに座ったままの絢音は、目まぐるしく考える。

（哉さんは日坂家の長男で財界でも有名な名家の跡取りなんだから、縁談が持ち込まれてもおかしくない。……でもわたしは、今までそれをリアルに考えていなかった）

彼とは昨夜一緒に天体観測をしたあと、情熱的に抱き合ったばかりだ。

日坂は「すべてが終わったら、旅行や遊園地に行こう」と提案し、未来に繋がる約束をしてくれ、絢音はうれしかった。だが詠美との縁談が進められているのなら、話はまったく変わってくる。

（もし哉さんのご両親が倉成家と合意の上で縁談を進めているなら、わたしに出る幕はない。今までご厚意でこのお屋敷に置いてもらっていたけど、早急に出ていかなきゃ）

そもそも自分がこの屋敷に滞在することになった理由は、天堂家から姿を隠すため、そして優佳の死因を突き止めるためだ。

そうするうちに日坂と惹かれ合って恋愛関係になったが、その事実を彼の両親には告げていない。彼らにしてみれば、絢音はあくまでも〝人道的見地から、保護するのが妥当だと感じた〟存在であり、いわば社会貢献だ。

息子の恋人になることは想定しておらず、だからこそ詠美との縁談が進められているに違いない。

（それに……）

そもそも自分は、この家の人々に甘えすぎている。

日坂や彼の両親の厚意に胡坐《あぐら》をかき、親戚ではないにもかかわらず長期間滞在しているのは、婚約者候補である詠美にとっては面白くないに違いない。

ならばどうするか――絢音はじっと考え、「日坂と話をしよう」と結論づけた。

（哉さんに詠美さんとの縁談のことを聞いて、それが事実ならわたしは身を引く。そしてこのお屋敷を出ていこう）

二人にとって自分は邪魔者であり、もしそれに横槍を入れる形になれば、日坂の両親への恩を仇《あだ》で返すことになる。

それだけは何としても避けたいと思うものの、絢音の胸には強い痛みがあった。日坂は初めての恋人で、誰よりも信頼できる存在だ。出会ったときから親身になってくれ、その言葉はいつも真っすぐで誠実だった。

そんな彼を諦めなければならない事実は、心をズタズタに引き裂いている。

（もしかすると哉さんはわたしを選んでくれるかもしれないけど、そうしたらご両親と揉めることになる。千佐子さんと倉成家のおつきあいにも影響してしまうだろうから、やっぱりわたしが身を引かなきゃ）

しかしこの屋敷を出ていく前に、自分は当初の約束どおり優佳の死因を突き止めなければならない。そう決意した絢音は立ち上がり、廊下に出た。

階段を下りて向かったのは、一階奥の納戸だ。最初に日坂に案内された日から毎日訪れ、優佳に繋がる過去が視られないかどうかを試していたものの、結果は芳しくなかった。彼女が亡くなった直後ならまだ読み取れる情報が多かったかもしれないが、七ヵ月も経過するとだいぶ記憶が薄れてしまっている。

（わたしがこのお屋敷を出ていく前に、何か有力な情報が欲しい。死の直前、優佳さんは一体どんな行動を取ったの……？）

聞けば優佳は、納戸にあった荷造り用のロープを壁の飾り電灯に引っ掛け、首を吊っていたらしい。

ならばこの部屋の中で彼女が触れたところは、一体どこだろう。絢音はそう考えながら、壁際の埃を被った棚や雑多に積み上げられた箱に順番に触れていく。

意識を凝らし、脳裏に浮かぶ雑多な情報を排除しながら有益なもののみを抽出する作業は、かなりの集中力を必要とした。やがてどのくらいの時間が経ったのか、ふいに絢音の頭の中に白く細い手の映像が浮かぶ。

手の持ち主は腕を伸ばして納戸の中の棚を漁《あさ》っていて、何かを探しているのがわかった。それを見た絢音は、直感的に「これは優佳の手だ」と気づく。

（優佳さんが、この部屋の棚から何かを探している。もしかしてそれは、自死するためのロープ……？）

棚の前には大小の箱が堆《うずたか》く積まれており、探し物をするのにひどく邪魔であるものの、移動させるのも大変という状況のようだ。

やがて彼女が着ているテーラードジャケットの浅いポケットから、何かが飛び出て落ちた。それは目の前にあった段ボール箱の上部の互い違いの合わせに入ってしまい、一瞬優佳が動揺したのがわかる。

彼女は落としたそれを拾うべく段ボール箱の蓋部分を開けたものの、底にストンと落ちてしまった。段ボール箱の中にはガラスケースがほぼ隙間なく入っており、底まで手を差し込むのは困難だ。

優佳はすぐに諦め、棚から目当てだったロープを見つけて取り出した。そこで目を開いた絢音は、目まぐるしく考える。

（優佳さんはジャケットのポケットから、何かを落とした。たぶんそれは……）

絢音は先ほど脳裏に浮かんだ映像を思い出しながら、目の前に積まれた箱から該当のものを捜し始める。

優佳が亡くなったあとには警察が来てこの納戸を実況見分し、置かれていた箱や美術品を一旦ずらして床に何か落ちていないか調べたはずだ。しかし有益なものは見つからず、屋敷の外に複数ある防犯カメラの画像からも外から誰かが侵入した形跡がなかったことから、彼女は自死したという結論に達したのだと日坂は言っていた。

（わたしが前に視た光景では、警察は箱のひとつひとつを開けて調べてはいなかった。だったら――）

いくつかの箱を開けた絢音は、ついにガラスケースが入った段ボールを探し当てる。わずかな隙間に手を差し込み、慎重に日本人形が入った大きなガラスケースを取り出すと、箱の底でゴトンという音がした。中を覗き込むとスマートフォンが落ちており、絢音は腕を伸ばしてそれを拾い上げる。

（これは……優佳さんのスマートフォンだ。哉さんは「捜しても見つからなかった」って言っていたけど、ここにあったなんて）

おそらく優佳は自死に使うためのロープを捜している最中、誤ってスマートフォンを落としてしまったのだろう。

自ら命を絶つ覚悟をしていた彼女は箱から取り出すのを諦め、そのまま放置した。床ではなく段ボール箱の中に落ちたため、スマートフォンは誰にも見つかることなくずっとここに在り続けたに違いない。

絢音がスマートフォンのディスプレイに触れ、意識を凝らすと、優佳がパスワードを解除する光景がぼんやりと思い浮かんだ。残念ながらバッテリー切れで電源は入らないが、充電すればきっと開くことができる。

(このスマートフォンには、優佳さんの交際相手の名前や連絡先、メッセージアプリのやり取りが残ってるはず。……これさえあれば、彼女が死を選んだ理由がわかる)

彼女の交際相手を特定し、自死に至った経緯を直接問い質《ただ》すことは、日坂と両親の悲願だった。

ようやく有益な情報をつかむことができ、絢音は大いに安堵する。それと同時に、自分がこの屋敷に滞在する理由がなくなったのを悟り、複雑な気持ちにかられた。

(このタイミングで、優佳さんのスマートフォンが見つかるだなんて。やっぱりわたしはこのお屋敷を出ていくべきなんだ)

納戸を出た絢音は、自室に戻る。

そしてクローゼットを開け、この屋敷に来てから増えた私物をまとめ始めた。衣服やアクセサリー、コスメなどはすべて千佐子が百貨店の外商を呼んで手配してくれたもので、代金は受け取ってもらえなかった。

ならば自分が持ち去るべきではないと考え、一枚一枚丁寧に畳んでベッドの上に積み上げていく。細かいものも一箇所に集めてきれいに並べたあと、家政婦から便箋と封筒をもらった絢音は手紙を書き始めた。

それは日坂夫妻に宛てたもので、内容はこれまで庇護してくれたことへの感謝だ。天堂家の屋敷を飛び出してきたばかりの寄る辺のない自分にとって、夫妻の気遣いはとてもありがたかった。まるで娘のように扱ってくれたことがうれしく、一方でなかなか役に立てず心苦しかったことなどを、絢音は言葉を選びながら時間をかけて記していく。

書き上がった手紙を読み返し、絢音は最後に「この屋敷を出て落ち着いたあと、改めてお礼をさせてほしい」という内容を記してペンを置いた。

(わたしの純粋な私物って、最初に着ていた服とバッグ、通帳と印鑑しかないんだ。それなのにこんなにたくさん買ってもらって、心苦しい)

屋敷を出て落ち着いたら改めてお礼状を送り、これまでの代金を支払おう。そう決意した絢音の耳に、ふいにドアをノックする音が聞こえる。

やって来たのは家政婦で、ドア越しにこちらに呼びかけてきた。

「哉さまがお戻りになりました」

日坂が帰宅したら教えてくれるように頼んでいた絢音は、椅子から立ち上がる。

そして彼女に「ありがとうございます」と礼を述べ、階下に下りようとした。するとちょうど階段を上がってきた日坂がこちらを見上げ、微笑んで言う。

「ただいま」

「……おかえりなさい」

家政婦が一礼をして去っていき、彼が二階まで上がってくる。

絢音は胃がぎゅっと強く締めつけられるのを感じながら日坂を見上げ、口を開いた。

「哉さんにお話があるのですけど、お部屋にお邪魔してもいいでしょうか」

「ああ」

彼が廊下を進み、自室のドアを開ける。

後から室内に入った絢音は、手にしていたスマートフォンを日坂に差し出した。

「これは……」

「優佳さんのスマートフォンです。納戸にある箱の中に落ちていたのを見つけました」

絢音が千里眼で優佳の死の直前の記憶を読み取ったこと、彼女がロープを捜す途中にスマートフォンを落としたこと、拾うのを諦めてそのままになっていたことを説明すると、彼が信じられないという表情でつぶやく。

「まさかこれが、納戸の中にあったなんて。確かに警察は、箱のひとつひとつまで開けて中身を確かめてはいなかった」

「パスワードを読み取ることもできて、おそらく〝5025〟という番号ですが、本体がバッテリー切れで電源が入らない状態なんです」

「俺の充電器が同じタイプだから、充電してみよう」

日坂が優佳のスマートフォンを充電器に差し込み、こちらを見てしみじみと言う。

「やはり絢音の能力は、すごいな。まさか優佳のスマホが段ボール箱の中に落ちているなんて思わなかったし、君がこうして見つけてくれなければ発見まで数年かかっていたかもしれない」

「いいえ。お役に立ててよかったです」

彼の瞳には心からの賞賛が浮かんでいて、絢音は複雑な気持ちを味わう。心には深い安堵と「これで自分の役目は終わりだ」という思い、両方が渦巻いていた。

優佳の死因を特定するための情報はスマートフォンに入っているはずで、パスワードもわかった今、自分がするべきことはもうない。ならばすみやかにこの屋敷を出て、新たな滞在先を探すべきだ。

（そうだよ。銀行にお金は充分あるんだから、とりあえずホテルに住まいを移さない

と。そして岡田先生に相談して、どこか借りられる物件を探そう)

だがその前に、日坂に詠美との縁談が事実かどうかを確かめなければならない。絢音は深呼吸して気持ちを整え、彼を見つめて口を開いた。

「哉さんに……お聞きしたいことがあります」

「ん？」

「倉成詠美さんと哉さんの間に縁談が持ち上がっているというのは、本当でしょうか」

嘘であってほしいと願いながら、絢音は答えを待つ。

こちらが粘着質な執着を拒絶したとき、詠美はひどく苛立っていた。もし腹立ち紛れに虚言を弄《ろう》しただけなのなら、まったく問題はない。だがもし縁談が事実だとすれば、自分は身を引くべきだ。

そう思い、緊張しながら答えを待つ絢音を見つめ、日坂が顔をこわばらせる。そしてポツリとつぶやいた。

「どうしてそれを……」

「――……」

その一言は詠美の発言が事実であると如実に表しており、絢音は唇を引き結んだ。

(哉さんと詠美さんの縁談は、事実だった。だったらわたしは――)

心が強く締めつけられ、絢音は目を伏せる。そして抑えた声音で言った。

「そうですか。……やっぱり事実だったんですね」

「違う。絢音、話を聞いてくれ」

日坂が肩をつかんで何か言いかけ、絢音は目を伏せる。そして小さな声で告げた。

「わたし……哉さんと恋人同士になったときから、本当は引け目を感じていました。名家の跡取りであるあなたと怪しい宗教法人で巫女をしていたわたしは、家柄的に釣り合わない。哉さんにはふさわしくないんじゃないかって思っていたんです」

「絢音、それは――」

「でも、詠美さんと縁談が進んでいると聞いて納得できました。やっぱり哉さんのご両親はちゃんとしたおうちのご令嬢をお嫁さんにと望んでいるでしょうし、家柄的にそうした縁談があって当たり前なんですよね」

目に涙が盛り上がり、ポロリと零れ落ちる。急いでそれを拭い、絢音は断腸の思いで告げた。

「ですからわたしは、身を引きます。これまでしていただいたことを考えれば、哉さんを恨むのはおこがましいことですから」

「待ってくれ、絢音。俺は――」

そのとき部屋のドアがノックされ、彼は鋭い口調で「取り込み中だ」と応える。しかし廊下から家政婦が、慌てた声で言った。

「申し訳ありません。ただいま奥さまからお電話がありまして、どうやら事故に遭われたそうで。声はお元気そうですが、哉さまがご在宅だとお伝えしたところ、代わってくれるようにとおっしゃっております」

予想外の言葉に驚いた日坂が、部屋のドアを開ける。そして廊下にいた家政婦の手から電話の子機を受け取り、呼びかけた。

「もしもし、母さん？　事故に遭ったたって……」

千佐子が事故に遭ったと聞いた絢音の心臓が、嫌なふうに跳ねる。

もしかして祐成が何かしたのかもしれないと思うと、肝が冷えた。しかし日坂がすぐにホッとした様子で言う。

「何だ、怪我はないのか。運転手が前方不注意？　……ああ」

どうやら千佐子には怪我がないようだとわかった絢音は、心からホッとする。

彼はまだ電話でやり取りをしており、それを見て「今のうちにこの屋敷を出ていこう」と考えた。

（哉さんとこれ以上話しても、つらくなるだけだ。わたしの気持ちは伝えたし、部屋

には手紙も置いてきたから、もういい）

日坂の視線がこちらからそれたタイミングで、絢音はそっと彼の部屋を出る。

そして廊下を進み、自室から私物のバッグを持ち出して、足早に階段を下りた。

（これでいいよね。哉さんとお見合いする予定の詠美さんも、わたしが日坂家のお屋敷から出ていくのを望んでる。これまで甘えていたのが間違いだったんだから）

玄関に向かうと、奥から出てきた家政婦の一人が「お出掛けですか？」と問いかけてくる。自身の靴を履きながら、絢音は彼女に向かって短く告げた。

「お世話になりました」

外に出ると、ひんやりとした夜気が足元を吹き抜けた。

石畳のアプローチを抜けた絢音は、門扉に手を掛ける。その瞬間、上のほうから声が響いた。

「絢音、待て。一体どこに行くつもりだ」

振り仰ぐと日坂が二階のバルコニーからこちらを見ていて、絢音は答えずに急いで門扉を開け、敷地の外に出る。

これ以上彼と話す気はなく、一刻も早くタクシーを拾わなければと考えていた。大きな通りに向かって歩き出し、周囲を見回しながら空車のタクシーを探す。

そのとき猛スピードで走ってきたワゴン車が真横に急停止して、中から二人の男が出てきた。

(え……っ?)

彼らは目出し帽で顔を隠しているが、服装からして二十代のようだ。

迷いのない動きで絢音に歩み寄ってきた一人が、こちらの口を押さえて強引に身体を抱え込む。絢音はパニックになり、逃れようと必死に身をよじった。

「うぅ……っ」

大声を出そうにも口を塞がれていて、それは叶わない。

無理やり車の後部座席に連れ込まれ、ドアが勢いよく閉められる。男の一人が、運転席に向かって叫んだ。

「いいぞ、出せ」

車が急発進し、絢音は自分が拉致されたのだと悟る。

おそらくこの男たちは天堂家が手配した人間で、自分を連れ去る機会を虎視眈々《こしたんたん》と狙っていたに違いない。これまでは日坂のアドバイスで屋敷から一歩も出ずに生活していたが、不用意に飛び出したのが裏目に出た。

(この人たちの行き先は、天堂家? 一体どうしたら……)

男の一人がガムテープを取り出し、引きちぎって絢音の口に貼る。

両手首と足首もそれぞれまとめてグルグル巻きにされ、身動きが取れなくなった。

心臓がドクドクと音を立てているのを感じながら、絢音は目まぐるしく考える。

（ここで暴れても逃げようがないし、今はおとなしくするしかない。でも、チャンスがあったら……）

そのときは、どんなことをしても逃げよう。

そう心に決め、絢音は怯《おび》えの感情を押し殺して気持ちを強く保とうと努める。車は住宅街を抜け、外苑西通《がいえんにしどお》りを北に走り始めていた。

両側を男たちに挟まれつつ、絢音は緊張を押し殺しながら、じっとフロントガラスの向こうを見つめ続けた。

＊　＊　＊

昨日の午後、宗教法人・磴会に届いた告訴状と被害届の写しの送り主は、東京弁護士会所属の水守恭敬という弁護士だ。

彼は日坂家の顧問弁護士を務めているが、今回は絢音個人から依頼を受けて動いているのだという。告訴状と被害届は既に警察に提出済みだが、今後の動きを牽制する意味であえてこちらにコピーを送りつけてきたらしい。

事務室で書類に向き合う祐成の横で、父の賢一が憎々しげに言った。

「弁護士の岡田が絢音の人権救済に乗り出しているだけでも鬱陶しいのに、それとは別にこの水守という弁護士は長年の軟禁と巫女の報酬の未払いで訴えると言ってるんだろう。一体誰がこんな知恵をつけたんだ」

「おそらくは、日坂家の息子の哉だ。彼が絢音を保護し、彼女から事情を聞き出して首を突っ込んできた」

本当は無視したいのは山々だが、既に被害届を出されているのが厄介だ。下手な対応をすれば警察が動いたり裁判を起こされるかもしれず、大きな問題に発展しかねない。そう語り、祐成は目の前の書類を見つめながら言った。

「だから弁護士たちには面と向かって反抗はせず、当たり障りのない対応をしたほうがいい。そのほうが時間稼ぎができるし、絢音さえ連れ戻せば被害届を取り下げることもできる」

「しかし絢音がいなくなって、もう一ヵ月以上も経つんだぞ。顧客の中には相当怒っている者もいるし、あまり時間はない」

苛立ちを隠さない賢一とは裏腹に、祐成は父を安心させるように微笑んで言った。

「心配しなくても、ちゃんと手は打ってある。今のところ絢音は姿を隠してまったく表に出てきていないけど、いつまでも逃げ隠れはできないはずだ」

やみくもにそう言っているのではなく、祐成には絶対の自信がある。

それから十五分ほどが経過し、スマートフォンが鳴った。手に取って確認した祐成は、そこに表示された名前が〝守屋〟であるのを見て、すぐに電話に出た。

「はい、天堂です。……えっ？」

相手の話を聞いた祐成は、その内容に目を瞠る。そして少し離れたところにあったメモ帳を引き寄せ、急いで言われた内容を記載した。

「ええ、これからすぐに向かいます。……わかりました。では」

通話を切った息子に対し、賢一が問いかけてくる。

「どうした？」

「絢音の身柄を確保できたそうだ。これから彼女を引き渡してもらいに行く」

「本当か」

彼が目を輝かせ、一緒に行くつもりなのか腰を浮かせる。しかし祐成は、首を横に振って告げた。

「いや、俺一人のほうがいい。相手が相手だし、父さんは向こうにあまり顔を覚えられないほうがいいと思う」

するとか絢音の身柄を確保したのが半グレ集団の伏龍会であると思い至った賢一が、渋面になってつぶやく。

「まあ、言われてみればそうかもしれんな。あっちはならず者の集団なわけだし、下手に顔を覚えられて強請《ゆす》られる可能性がないわけではない」

「大丈夫。揉めないように相手と話をつけて、絢音はちゃんと連れ帰ってくるから」

「ああ。気をつけろよ」

祐成は自室で松葉色の差袴《さしこ》を脱ぎ、白のインナーにチノパン、テーラードジャケットという服装に着替える。

タクシーで向かったのは、渋谷《しぶや》だった。トークアプリで送られてきた住所までは二十分少々の距離で、目的地付近に到着した祐成は料金を精算して降り立つ。

（……ここか）

そこは裏通りにあるマンションで、周囲に行き交う人の姿はあるものの、あまり雰囲気がよくなかった。

指定されたのは一階の一〇二号室で、インターフォンを押す。ドアが開き、若い男に先導されてリビングに入ると、中には五人ほどの男たちがたむろしていて一斉にこちらを見た。

「おう、兄さん。ご苦労だな」

ダイニングの椅子に座っていた守屋がそう声をかけてきて、祐成は軽く会釈する。

「どうも」

彼の向かいにはがっちりした体型のダークスーツの男が座っていて、ロックのウイスキーを飲んでいた。

その顔には見覚えがあり、祐成は彼に挨拶する。

「高塚さん、お久しぶりです」

「ああ」

彼――高塚秀臣は、伏龍会の現在のトップだ。

年齢は二十代後半で眼光鋭く、短く刈り上げた髪と黒いシャツ、臙脂色《えんじいろ》のネクタイが一般人とは違う雰囲気を醸し出している。彼は一年前に顧客の紹介で磴会を訪れており、その縁で今回絢音の捜索を依頼したが、結果的にそれは正解だった。

(歌舞伎町を中心に手広く商売してるだけあって、伏龍会はネットワークが広い。しかも金で不法行為を躊躇いなくやってくれるんだから、便利な存在だ)

室内を見回してみたものの、雑然とした部屋の中にはいずれも二十代とおぼしき男たちがたむろしているだけで、絢音の姿はない。祐成は高塚に向かって問いかけた。

「守屋さんから絢音の身柄を確保できたというご連絡をいただいたのですが、彼女は一体どこにいるのですか」

「ちゃんといるよ。おい、連れてこい」

彼に顎をしゃくられた守屋が頷き、リビングの隣の部屋に入っていく。

やがて戻ってきた彼は、絢音を連れてきていた。花柄のワンピース姿の彼女は、口にガムテープを貼られ、両手をグルグル巻きに固定されている。

祐成は思わずつぶやいた。

「……絢音」

彼女の姿を見るのは、約一週間ぶりだ。

絢音の服装は天堂家から逃げ出したときと同じものだが、髪もメイクもきちんとしていて、離れているあいだにいい暮らしをしていたことが如実に伝わってくる。

(彼女は天堂家《うち》から逃げ出したとき、両親の死亡保険金の数千万円が入った預金通帳を持ち出している。金に困っているわけではないから、当然か)

おそらく彼女に余計なことを吹き込んだのは、未成年後見人だった弁護士の岡田だろう。

彼の発言がきっかけで自分たちの手元から出奔し、日坂と恋仲になったのだと思うと苛立ちが募り、祐成はかすかに顔を歪める。

しかし感情をぐっと抑え、努めて平静な顔で守屋に向かって問いかけた。

「絢音を確保したのは、一体どういう状況だったのですか」

「あんたに言われたとおり、うちの連中が日坂家の屋敷をずっと見張っていたんだ。この一週間、女は一切外には出てこなかったが、今日の夕方過ぎに突然一人で屋敷の外に出てきた。それを車に押し込んで拉致してきたんだ」

彼に二の腕をつかまれている絢音が目に力を込めてこちらを見つめてきて、祐成はそれを受け止めつつ言う。

「口のガムテープを、外してやってくれますか」

「ああ」

守屋がガムテープを剥がした途端、彼女が押し殺した声でつぶやいた。

「この人たちにわたしを拉致するように命令していたのは、やっぱりあなただったの？ ……祐成」

「ああ。そこにいる高塚さんは一年前に磴会《うち》を訪れた顧客で、その縁で絢音の捜索をお願いしたんだ」

「弁護士の先生に嫌がらせをしたのも、この人たち?」

「そうだよ。ところで君は、こうして自分が拉致されるのを予見していなかったんだな。不用心なことだ」

図星だったのか、絢音がぐっと押し黙る。祐成は微笑んで言葉を続けた。

「弁護士たちの襲撃計画があるのを千里眼で察知して、彼らに寸前で回避させたのは絢音だろう? 君の力は、敵に回すとつくづく恐ろしいものだな。今回のことで思ったけど、どうやら俺や両親は君を甘やかしすぎたようだ。まさか自分の役目を放棄して屋敷を飛び出すなんて、無責任極まりない」

「…………」

「しかも、男の家に転がり込んでいるなんてな。あの日坂という男、確かに家柄はいいが、世間知らずの君を弄んだだけじゃないのか? だって彼は、大病院の院長の娘と見合い話が進んでるんだろう」

彼女が驚きに目を見開き、小さな声で言う。

「どうしてそれを……」

祐成はクスリと笑い、種明かしをした。

「今日、磴会にある人物から電話がかかってきたんだ。てっきりホームページを見て連絡してきた一般人かと思いきや、彼女は『そちらで巫女をしていた渡瀬絢音さんの居場所をお探しではありませんか』と言った」

一週間前に絢音と日坂が銀座で一緒にいるのを見かけたあと、祐成は伏龍会に依頼し、日坂の屋敷や弁護士の事務所を見張らせていた。

しかし絢音の行方は杳《よう》として知れず、手をこまねいていたところ、その電話が大きな転機となったという。

「俺はてっきり君がどこかのホテルに潜伏しているんだと思っていたけど、その人が教えてくれたんだ。『彼女は現在、日坂家のお屋敷にいます』『早くあそこから連れ出してください』ってね」

「それって……」

「倉成詠美という女性だよ。日坂の縁談相手だというね」

彼女がショックを受けた顔で、絶句する。

話の真偽を確かめるため、祐成が「直接会って話がしたい」と持ちかけたところ、やがて磴会を訪れた詠美は地味な女性だった。

体型は貧相なほど細身で、血色の悪い肌にそばかすが目立ち、顔立ちはひどく凡庸だ。身なりや口調にこそ育ちのよさがにじみ出ていたものの、絢音の美貌には足元にも及ばない。

彼女は最初こちらの出方を窺うようにおどおどしていたものの、話をするうちに次第に饒舌《じょうぜつ》になった。詠美いわく、現在自分と日坂との縁談が進められているため、屋敷に滞在する絢音の存在が邪魔なのだという。

『絢音さんはこちらで長く巫女をしていたにもかかわらず、役目を放棄して出奔したのだと聞きました』

『私は彼女がわざと同情を買う言い回しをして、日坂家の皆さんに取り入っているように思えてならないんです。これから哉さんと結婚する私は、絢音さんが彼とひとつ屋根の下で暮らしていることが不安でたまりません』

祐成は鼻で笑って言葉を続けた。

「彼女の口ぶりからは、とにかく絢音を日坂家の屋敷から追い出したいという気持ちがひしひしと伝わってきた。まあ、君より彼女のほうが容姿が劣っているのは一目瞭然だし、異性としてどちらに心惹かれるかなど考えるまでもなくわかりきっているからね。それで絢音から聞き出した礎会という名前をネットで検索し、居場所を密告してきたってわけだ」

絢音が沈痛な面持ちで、唇を引き結ぶ。

おそらく彼女は詠美を信頼し、友人というスタンスで自身の境遇を打ち明けたのだろう。しかしまんまと裏切られ、こうして伏龍会の人間に身柄を確保されている。

祐成は憐れむ笑みを浮かべて言った。

「これでわかっただろう？　君には友人なんか必要ない。絢音は類《たぐい》まれな力を持つ優れた人間なのに、あんなつまらない女に気を許すほうがおかしいんだ。俺や両親は、絢音の価値がわかってる。だから天堂家《うち》に戻ってくるのが、君は一番幸せなんだよ」

すると二人のやり取りを見ていた高塚が、口を開く。

「見てのとおり、俺たちは女の身柄をしっかり確保した。そろそろ約束の報酬をもらっていいか」

「ええ」

彼に約束した成功報酬はかなりの額であるものの、絢音が戻ってきたのだから些末《さまつ》なものだ。

今後は彼女の千里眼でいくらでも稼げるのだから、どれだけ払ってもまったく惜しくない。そう考えながらポケットから記入済みの小切手を取り出した祐成は、それを高塚に手渡す。

すると彼は金額や記載に漏れがないかどうかを確認し、頷いて言った。

「確かに」

「伏龍会の皆さんには、感謝しています。今後も何かありましたら、どうぞよろしくお願いいいたします」

高塚に向かって頭を下げ、祐成は絢音に向き直って言う。

「さあ、帰ろう。腕の拘束も外してあげるよ」

しかし彼女を捕まえている男がその身体をこちらから遠ざけるそぶりをし、祐成は戸惑う。

高塚に視線を向け、問うように「あの……」とつぶやくと、彼はニヤリと笑って思いがけないことを言った。

「悪いが女は渡せねえ。こいつはこれから、俺たちが管理することにした」

「えっ？」

「この女の〝千里眼〟は、本物だ。何しろ墨谷会と揉めて逃げ回っていた安高の居場所を、正確に言い当てたんだからな。お前ら一家は親族の名のもとにこの女をガキの頃から手元に囲い込み、莫大な財産を築いてきたんだろう？　現に目白に、あんな大豪邸を構えてる」

祐成は混乱しつつ、「それは……」とつぶやく。

気がつけば周囲の男たちが、ニヤニヤしてこちらを見ていた。高塚は先ほど手渡した小切手をテーブルに置き、言葉を続ける。

「だから思ったんだよ。女を確保したらお前のところには戻さず、〝千里眼〟を伏龍会のシノギにするのはどうかって。これだけの容姿だ、ついでに太客のベッドの相手をさせれば、もっと稼げるかもしれねえ。上手い話を持ってきてくれて感謝してるよ」

祐成は愕然《がくぜん》とし、高塚に猛然と食ってかかる。

「何を言ってるんだ。絢音の捜索や弁護士たちへの嫌がらせに関しては、これまで高い日当を払ってる。それに加えて、たった今成功報酬まで支払っただろう。それなのに絢音を渡さないだなんて」

自分は彼らに騙《だま》されたのだ――と祐成は悟る。

こちらから多額の金を引っ張っておきながら、絢音の身柄を渡さない。成功報酬まで受け取ったあとにそんな発言をするのは、あまりにこちらを虚仮にしている。

するとそれを聞いた高塚が、皮肉っぽい笑みを浮かべて答えた。

「お前、俺らのことを下に見て便利に使える手駒だとでも思ってたんだろう？　こっちはな、警察《サツ》の目をかいくぐって最大限の利益を生み出すのがポリシーの集団なんだよ。苦労知らずの坊ちゃんが顎で使えると思ってるなら、ずいぶんとおめでたいよなあ」

周囲の男たちが揶揄《やゆ》するように笑い、祐成は顔色を失くす。

こんな展開は、まったくの想定外だった。彼らのことを「金さえ払えば、便利に使える連中だ」と思っていたのは事実であり、ぐうの音も出ない。

しかし実際に祐成は絢音の捜索にかなりの金額を使い、たった今莫大な成功報酬を支払ったばかりだ。それで彼女は渡さないというのはどう考えても納得がいかず、顔を引き攣《つ》らせながら口を開く。

「冗談はやめてくれ。たった今報酬の小切手を受け取っておきながら、そんな理屈はおかしいだろう」

「高い授業料だと思えばいいだろ。ずいぶん気前よく払ってくれたから、今まで貯め込んだものがまだまだ充分あるんじゃねえか？　長いつきあいになりそうだなあ」

今後も強請るつもりだと仄《ほの》めかされた祐成は、頭にカッと血が上るのを感じる。

（人が下手《したて》に出ていれば、その気になって。つきあってられるか）

表情を険しくした祐成は一歩前に進み出て、絢音の二の腕をつかむ。

そして男から強引に彼女の身体を引き離しながら告げた。

「絢音、帰ろう」

そのまま踵を返し、絢音と共に部屋の出口に向かおうとした瞬間、複数の男が目の前に立ちはだかる。

思わず足を止めた祐成の胸倉を、一人が強くつかみ寄せて言った。

「兄さん、勝手なことするなよ。この女はもう俺らのもんだって言ったのが聞こえなかったのか？」

「それは——……」

言い返そうとする祐成の顔を、男が拳で殴りつけてくる。

ガツッという音と共に目に火花が散り、祐成はよろめいた。次いで腹部を正面から容赦のない力で蹴りつけられ、後ろに吹っ飛んで転倒する。

「うぅっ……」

猛烈な痛みと吐き気に、祐成は腹を押さえて呻く。

こらえきれずに床に嘔吐《おうと》すると、男が目の前にしゃがみ込んで嬲る口調で言った。

「どうしても女を連れていくってんなら、ここにいる俺たちを全員ブチのめさなきゃな。てめえみたいなモヤシに、それができんのか？」

「……っ」

「まだ逆らうなら、とことんやるぞ、こらぁ」

これまでの人生で暴力を受けたことはなく、男に髪をつかまれた祐成はすっかり萎縮していた。

目の前の男たちは、暴力に対してタブー意識がない。むしろ他人に言うことを聞かせるための有効なツールとして利用していて、逆らえばもっとひどいことをされるのは目に見えている。

「祐成……」

男の一人に身体を拘束された絢音が、青ざめた顔でこちらを見る。

彼らの言い分をのめば、彼女はこれから伏龍会のシノギとして千里眼を使うことになるだろう。疲労など関係なく一日に何人もの顧客と会わなければならなくなり、それどころか客のベッドの相手までさせられることになる。

(でも……)

たとえ絢音がそんな扱いをされるとわかっていても、祐成はこれ以上理不尽な暴力を受けたくはなかった。

彼女から目をそらした祐成は、まだ痛む腹部を押さえながら押し殺した声で告げた。

「……わかった。絢音のことは諦めるから、僕をもう帰してくれ」

すると高塚がニヤリと笑い、手下に対して言う。

「わかればいいんだよ。おい、兄さんが帰るからタクシーを呼んでやれ」

祐成が自分を見捨てたのを知った絢音が、怒りと失望が入り混じった眼差しでこちらを見た。

この選択に罪悪感がないと言ったら、嘘になる。彼女への執着は依然として心の中にあるものの、祐成は最終的に自らの保身を選んだ。

(仕方ない、そんなの。こいつらに逆らったら俺は最悪殺されるかもしれないんだし、絢音だって命まで取られるわけではないんだから)

そう自分を納得させ、絢音から目をそらした祐成はぐっと拳を握りしめる。

次の瞬間、けたたましい音を立てて玄関のドアが開いた。

「警察だ！　全員その場から動くな」

制服姿の警察官が室内に複数人なだれ込み、男たちが硬直する。

座っていた高塚が顔色を変え、椅子から立ち上がるのがわかった。手下たちが慌てて逃げようとし、それを捕まえようとする警官が声を上げて、場が騒然となる。絢音を拘束していた男は警察官に二人がかりで飛び掛かられ、床に押さえ込まれた。

「くそっ、放せ！」

「おとなしくしろ！」

男が後ろ手に手錠をかけられるのを見た祐成は、ひどく動揺した。

そこで室内に入ってきたスーツ姿の日坂が、絢音の姿を見て声を上げる。

「絢音、怪我はないか!?」

「哉さん……」

彼女が手首をガムテープでグルグル巻きにされているのを見た日坂が、警察官の一人に「解いていいですか」と問いかける。

相手が頷くのを見た彼が、ガムテープを解き始めた。絢音がそれを見つめながら問いかけた。

「哉さん、どうしてここがわかったんですか？」

「絢音が屋敷を飛び出したあと、屋敷のすぐ傍でワゴン車に押し込められるのを見た。車自体はすぐに見失ってしまい、ナンバーを控えることができなかったが、君のスマートフォンにはいざというときのために位置情報共有アプリをインストールしていたんだ。もしかするとスマホが途中で捨てられる可能性も考えて、小型発信機もバッグの底に入れていた」

どうやら日坂はそのGPSのデータを頼りに絢音がいる建物を特定したらしい。

部屋まで特定するのは困難だったものの、たまたま祐成が殴られて転倒したときの物音に警察が気づき、中に踏み込んだというのが事の顛末《てんまつ》だという。

警察官の一人が床に座り込んだままだった祐成の腕をつかんで引き起こし、問いかけてきた。

「君もこのグループの一員か？」

「い、いえ、僕は……」

被害者として言い逃れしようとした祐成だったが、絢音がすかさず告げる。

「彼はここにいる人たちにわたしを拉致するように依頼した、張本人です。決して無関係ではありません」

彼女が従兄である自分を庇うことなく警察に突き出した事実に、祐成は愕然とする。

しかし絢音の目を見た瞬間、ついさっき自分がしたことへの報いなのだと悟った。

（そうだ。俺は自分の保身のために、絢音の身柄を高塚たちに売った。そんな俺を庇うつもりは、微塵《みじん》もないってことか）

今さらながらに自らの行動の卑怯さが身に染みて、その場に立ち尽くす。

そんな祐成の腕に手錠を嵌めた警察官が、厳しい表情で言った。

「――署まで連行する。詳しい話を聞かせてもらうから」

＊＊＊

その日、渋谷のマンションでは半グレ集団である伏龍会のメンバー、そして彼らと共謀したとされる天堂祐成の総勢八人が警察署に連行されることになり、辺りは騒然となった。

絢音と日坂も事情聴取に応じ、これまでの経緯を詳しく話すなどして帰宅を許されたのは、午前零時近くだった。一連の出来事を岡田に電話で報告したところ、彼は安堵の口調で言った。

『絢音さんにお怪我がなくて、安心しました。しかしまさか、あなたの従兄が半グレ集団を雇っていたとは』

岡田は「自分と水守弁護士は自宅への嫌がらせの件で警察に被害届を提出しているので、実行犯が伏龍会であるということの裏付けも進められる」「それと併せて明日警察に赴き、天堂家による絢音さんの人権侵害についてお話ししてきます」と述べ、絢音は礼を言って電話を切った。

するとと同じく水守に電話をしていた日坂がちょうど通話を切ったところで、こちらを見て言う。

「帰ろうか」

「あの、でも……」

自分は日坂家の屋敷を飛び出してきた身で、のこのこと帰るのは違うのではないか。絢音がそんな躊躇いをおぼえて言いよどむと、彼が事も無げに告げる。

「もうこんな時間だし、これからホテルを手配するのは大変だ。だから俺と一緒に屋敷に帰ってくれないか」

「……わかりました」

路肩に停車していた客待ちのタクシーに乗り込み、日坂が住所を告げる。

走り出した車の中、絢音は疲れをおぼえて後部座席のシートに背を預けた。すると彼が、気がかりそうに問いかけてくる。

「大丈夫か？」

「はい。すみません、少し疲れてしまって」

すると日坂が、眼差しに同情をにじませて言った。

「無理もない。事情聴取が、かなり長かったものな。明日も呼ばれてるんだろう？」

「はい。事件の全容解明のため、協力してほしいと言われました」

絢音が「それで、あの」と言葉を続けようとしたところ、彼が運転手をチラリと見て遮ってくる。

「詳しい話は、家でしょう」

広尾の屋敷までは十五分ほどの距離だったが、絢音は疲労で束の間うとうとしてしまったらしい。

気がつけば隣に座る日坂の身体にもたれ掛かっていて、絢音は気まずさをおぼえた。ちょうど車が屋敷の前に停車し、彼が料金を精算して後部座席から降りる。

玄関に入ると奥から圭祐と千佐子が出てきて、心配そうに言った。

「おかえりなさい。大変だったわね」

「渡瀬さん、怪我はないのか」

二人が自分の身を案じてくれていたのだとわかり、絢音は丁寧に答える。

「幸い怪我もなかったので、大丈夫です。ご迷惑をおかけし、大変申し訳ありませんでした」

「迷惑ではないよ。とりあえず、君に危害を加えようとしていた犯人たちが捕まってよかった」

絢音は千佐子を見つめ、ずっと気になっていたことを問いかける。

「千佐子さん、事故に遭われたと聞きましたが、お加減は……」

「私も怪我はないのよ。運転していた鈴木さんが、急に道路に飛び出してきた猫に驚いて、ガードレールに車をぶつけてしまってね。単独の自損事故だったし、彼にも怪我がなくてよかったわ」

ごく軽微な事故だったと聞き、絢音は心から安堵する。彼らはまだ話を聞きたそうにしていたものの、日坂がそれを遮って言った。

「今日はもう遅いし、詳しい説明は明日でいいかな。彼女も疲れてる」

「そうね、もう零時半を過ぎているものね」

「私たちも寝るよ。二人とも、ゆっくり休みなさい」

二階の部屋に入ると、そこは絢音が夕方片づけたままになっていた。

衣服や小物がきちんと整頓されて置かれ、ライティングデスクの上には日坂家の面々に対してしたためた手紙もある。絢音がそれにそっと手を触れていると、ドアがノックされ、湯気が立つカップを二つ持った日坂が現れた。

「ホットミルクを作ってきたんだ。寝る前に飲むと、気分が落ち着くから」

「ありがとうございます」

カップをテーブルに置いた彼は、室内を見回して何ともいえない顔でつぶやく。

「……君は本当に、この屋敷を出ていくつもりだったんだな」

絢音は一瞬ぐっと言葉に詰まったものの、きちんと礼を言わなければと考え、日坂に向かって頭を下げる。

「哉さん、今日はわたしの後を追いかけてきてくださって、ありがとうございました。もし哉さんが警察と一緒に来てくれなかったら、わたしは伏龍会の人たちにひどい目に遭わされていたと思います」

日坂家の屋敷を出てから黒塗りの車に拉致され、渋谷にある伏龍会の溜《た》まり場に連れていかれてからのやり取りを順を追って説明すると、彼が眉をひそめて言う。

「まさか君の従兄が、半グレ集団と繋がっていたとはな。彼らはある意味ヤクザより性質《たち》が悪くて、年々行動が過激になっているというし、そんな連中に隙を見せたらカモにされるのは目に見えているだろうに」

「祐成は……わたしではなく、自分の身の安全を選んだんです。あのままだと伏龍会に能力を搾取され、顧客の性的な相手もさせられると知っていながら一人で逃げようとするなんて、心底失望しました」

だが絢音は彼らの溜まり場に連れ込まれた時点で、その後警察と日坂が踏み込んでくるという未来を予見していた。

だからこそ怖くてもパニックにならずに済んだのだと説明し、言葉を続けた。

「哉さんが諦めずに警察に駆け込んでくださったおかげで、助かることができたんです。本当にありがとうございました」

すると日坂が真剣な表情になり、こちらを見た。

「君のスマホに位置情報共有アプリを入れ、小型発信機をバッグの底に入れた経緯については説明したとおりだけど、行動を監視するつもりはまったくなくて、あくまでも不測の事態に備えてというスタンスだった。だがプライバシーの侵害といえばそのとおりだから、謝らせてほしい。勝手なことをして申し訳なかった」

「いいんです。そのおかげで事なきを得たんですから」

彼が顔を上げ、言葉を続ける。

「ところで、君が屋敷を飛び出したときにしていた話のことだが。俺と倉成家の令嬢との縁談が進んでいるという」

絢音の心臓が、ドキリと音を立てる。

さんざん「私たち、お友達よね」と言って強引に距離を詰め、絢音が拒否した途端に態度を豹変させた詠美は、意趣返しするためにこちらの居場所を祐成に密告していた。

その事実に暗澹《あんたん》たる思いがこみ上げ、絢音がかすかに顔を歪めると、日坂が話を続ける。

「その話は、事実だ。俺は今日の昼休みに父さんから呼び出され、倉成家から縁談の申し込みがあったことを告げられた」

「……っ」

「でも突然の話で、以前から詠美さんと交際していたわけではない。倉成夫人は母さんの友人だということは知っていたし、詠美さん本人とはどこかのパーティーで一度挨拶をした記憶があるが、それだけだ」

急に圭祐から「お前に縁談がある」と言われた日坂は、寝耳に水だったらしい。詠美の印象はほとんどなく、釣書の写真を見てもぼんやりと思い出せる程度だったという彼は、父に対してはっきり告げたという。

「俺は父さんに現在絢音と本気でつきあっていること、他の女性と結婚する気はまったくないと説明した。すると父さんは驚いた顔をしていたけど、『そうか』と答えた」

「じゃあ……」

絢音が困惑しながらつぶやくと、日坂が頷いて言葉を続ける。

「詠美さんとの縁談が現在進行形で進められているとか、彼女と今後結婚に発展するという可能性は一切ない。俺の気持ちを聞いた父さんは、『じゃあ倉成家には、私のほうから正式にお断りしておく』と言っていた」

絢音の目が、涙でじわりと潤む。

詠美から既に決定事項のように日坂との縁談について聞かされたときは、あまりに思いがけないことでどうしていいかわからなかった。しかし彼女が事実を誇張してこちらに告げていたのだとわかり、心から安堵する。

「わたし……詠美さんからその話を聞かされたとき、すごくショックだったんです。もし事実なら、身を引かなきゃって考えて……それに哉さんの答えも歯切れが悪かったので」

「父さんから縁談の件を聞かされたばかりだったのに、帰宅した途端に君からその話をされて、一瞬どう反応していいかわからなかったんだ。そうこうするうちに君は屋敷を飛び出していってしまうし、追いかけたら目の前で車で拉致されて、かなり動揺した」

彼が「それにしても」と目に怒りをにじませて言う。

「絢音の居場所を詠美さんが磴会に密告していたことは、断じて許しがたいな。しかも彼女は、友人面をして君に近づいてきたんだろう？」

「詠美さんは……わたしに強く執着して、自分の手元に囲い込みたかったみたいです。まるでペットかお人形のようにわたしを支配したがっていて、断ると激昂《げっこう》して哉さんとの縁談の話を持ち出してきました。彼女はわたしが哉さんとおつきあいしているのを知っていたので、横から奪い取ることが罰《ばつ》になると考えたみたいです」

詠美が祐成にこちらの居場所を密告し、自分を陥れたという事実は、絢音を傷つけていた。

しかし日坂が彼女との縁談を進めているわけではないのだとわかり、言葉にできないほどホッとしている。絢音は彼に向かって、深く頭を下げた。

「話し合いもせずにお屋敷を飛び出したこと、本当にすみませんでした。それでまんまと捕まってしまったんですから、何とお詫びしていいか」

「それについては、もういい。でもこれからは、黙っていなくなることだけはやめてくれると助かる。心臓がいくつあっても足りない」

自分が拉致されたことで日坂をひどく心配させてしまったのだとわかり、絢音は大いに反省する。

ホットミルクは蜂蜜《はちみつ》が入っているらしく、優しい甘さがじんわりと沁みた。彼が

「そうだ」とつぶやき、こちらを見た。

「絢音が見つけてくれた優佳のスマホだけど、もう充電が終わってるはずなんだ。中を確認したいと思うが、今日は遅いし明日にしようか」

それを聞いた絢音は、勢い込んで答える。

「わたし……今確認したいです。ずっと捜していたものが、ようやく見つかったんですから」

すると日坂が、ソファから立ち上がって言う。

「じゃあ、ちょっと待っててくれ。すぐ戻る」

一度部屋を出ていった彼が、言葉どおりすぐに戻ってくる。その手には優佳のスマートフォンがあり、隣に座って言った。

「パスワードは、確か5025だったか」

「はい」

絢音が読み取ったパスワードを、日坂が入力する。するとパッと画面が切り替わり、彼が目を瞠って言った。

「……開いた」

早速トークアプリを開いてみると、そこには〝信行《のぶゆき》さん〟という名前があり、頻繁にやり取りしているのがわかる。

内容はデートの待ち合わせが多く、途中からは「市販の妊娠検査薬を試したら、陽性反応が出ました」「本当に？」というやり取りがあり、それを見た日坂が画面をスクロールしながらつぶやいた。

「どうやら優佳が交際していたのは、この人物で間違いないようだな」

それから優佳がメッセージを送っても相手からの返信が途絶え、彼女が次第に不安になっていっているのがトークの内容でわかる。

「どうして会ってくれないんですか」「返事をください」という文面からは、優佳の切実な心情がにじみ出ていて、見ていてつらくなった。一旦トークアプリを閉じた日坂が、電話帳を調べ始める。

すると〝益村《ますむら》信行〟という名前で携帯電話の番号が登録されており、彼がぐっと眦を強くして言った。

「この男か。優佳を妊娠させ、死に追いやったのは」

ついに優佳の交際相手の名前が判明し、絢音は深い感慨をおぼえる。彼女が亡くなって何ヵ月も経っているため、遺品から情報を読み取るのは困難を極めたものの、ついに結果を出すことができた。

絢音は日坂の顔を見つめ、問いかけた。

「この人に連絡を取りますか?」

「いや、それはまだ早い。フルネームと携帯番号がわかったから、興信所に依頼してどういう人物なのか調べてもらおう。住所や職業などの情報を押さえてから、本人と直接会う」

彼が「ただ」とつぶやき、スマートフォンに表示された名前を見た。

「この名前で、一応検索をかけてみるか。優佳が訪れた場所は港区から千代田区にかけたエリアに集中していて、絢音が視た人物は三十代で身なりがよかっただろう。もしかすると、会社経営者かもしれない」

そう言って日坂がスーツの胸ポケットから自身のスマートフォンを取り出し、〝益村信行〟という名前で検索をかける。

すると思いがけない情報が出てきて、隣からディスプレイを覗き込んでいた絢音は思わず声を上げた。

「哉さん、これって……」

「ああ」

それは〝益村信行〟という名前が冠された公式ウェブサイトで、開いてみるとスーツ姿で微笑む三十歳くらいの男性の写真が大きくあった。

経歴には有名大学を卒業後に五年間父親の私設秘書を務め、数ヵ月前に行われた参議院議員選挙で初当選したと書かれている。彼の左の顎には小さなほくろがあり、それを見た絢音は勢い込んで言った。

「哉さん、わたしが優佳さんの遺品から読み取った人物はこの人です。左の顎に小さなほくろがあります」

「ああ。国会議員だったのか」

彼の父親は益村保夫《やすお》といい、現在厚生労働大臣を務めている人物だ。

祖父は既に亡くなっているもののかつては有名な議員で、信行は政治家のサラブレッドということになる。日坂が眉をひそめてつぶやいた。

「益村家は政界の名家だから、優佳がどこかのパーティーで信行と知り合ったとしてもおかしくない。……ようやく辿り着いた」

彼がこちらを見つめ、真摯な口調で言う。

「絢音のおかげで、優佳の交際相手を特定することができた。本当にありがとう」

「お礼には及びません。わたしはこれまで哉さんやご両親にたくさんお世話になっていたのに、結果を出すのが遅くなってしまったんですから」

「そんなことない。君が優佳のスマートフォンを見つけ出し、パスワードを読み取ってくれなければ、真相は今も闇の中だった」

日坂が優佳のスマートフォンを閉じ、テーブルに置きながら息をつく。

「これだけ情報が揃っていれば、興信所が益村に関することを調べ上げるのに時間はかからないだろう。明日すぐに手配する」

互いの間に、束の間沈黙が満ちる。

ようやく成果を出せた絢音の中には、大きな達成感があった。思えば天堂家を飛び出し、この屋敷に滞在することになったのは一ヵ月余り前だが、とても密度の濃い期間だった。

十年に及ぶ軟禁生活で一般常識に欠けていた絢音だったが、今はスマートフォンやパソコンを使いこなせるようになり、外出もできるようになっている。それらはすべて献身的にサポートしてくれた日坂のおかげで、絢音は彼に向き直って言った。

「優佳さんに関してはこれで一区切りつきましたし、祐成と伏龍会のメンバーが警察に逮捕されて身の危険は去りました。ですからわたしは、このお屋敷を出ていこうと思います」

「絢音、それは――」

「哉さんやご両親には、本当にお世話になりました。親族ではないわたしがいつまでもこのお屋敷に滞在するのはおかしいですし、ご両親にも迷惑です。幸い両親が遺してくれたお金がありますから、自分で新しい住まいを探そうと思います」

するとと彼が表情を改め、口を開いた。

「俺は君が、好きだ。さっき話したとおり詠美さんとの縁談に関してははっきり断りを入れたし、他にそういう話がきても受ける気はない。絢音と真剣に交際していきたいと思っている」

「……哉さん、でも」

「絢音は家柄がどうとか言っていたが、俺にとってそれは些末なことだ。父さんは俺と君がつきあっていると聞いても反対しなかったし、おそらく母さんもそうだろう。二人ともこの屋敷に滞在しているときの絢音の態度や人柄を見て、そう判断しているんだと思う」

日坂が「でも」と言葉を続けた。

「俺は君が自立したいという気持ちを、抑えつける気はない。今までさんざん我慢を強いられてきたんだから、絢音はしたいと思うことにどんどんチャレンジしていいんだ。独り暮らしはもちろん、勉強したり習い事をしたり、俺はその全部を応援するよ」

絢音の胸が、じんと震える。

初めて会ったときから、日坂は一貫して親身になってくれた。千里眼の能力を知ったときこそ驚いていたものの、気持ち悪がったりすることはなく、一般常識に乏しい絢音を常に対等に扱ってくれた。

そんな彼を、絢音は心から尊敬している。真面目で真摯なところや端整な容姿、恋人としての甘い一面など、すべてを愛してやまない。今までは家柄に引け目を感じて「自分は身を引くべきではないか」と考えたりもしたが、日坂の両親が反対しないと聞いて心が軽くなっている。

絢音は目を潤ませ、彼を見つめて答えた。

「わたしも……哉さんとこの先もずっと一緒にいたいです。ご迷惑でなければ」

「よかった。俺の一方的な気持ちかと思っていたから、そう言ってくれるとうれしい」

日坂の大きな手が頬に触れ、いとおしむように撫でてきて、絢音の心拍数が上がる。

彼の手は大きく、さらりと乾いていて、そのぬくもりが身体の奥にじんわりと沁みていく気がした。日坂が熱を孕んだ眼差しでこちらを見つめ、ささやくように言う。

「――触れていいか」

「……っ、はい」

彼の秀麗な顔が傾けられ、唇に触れるだけのキスをされる。

すぐに離れたそれに物足りなさを感じ、絢音がうっすら目を開けると、再び唇が重なって深いキスをされた。

「ん……っ」

それと同時に日坂の手が胸のふくらみに触れ、ドキリとする。〝触れる〟とはキスだけかと思っていたが、違うのだろうか。

(でも……)

こうして気持ちが通じ合った今、絢音の中では彼への想いが溢れそうなほどに高まっている。口づけられながら日坂の首に腕を回すとますます激しく貪られ、息が乱れた。彼の両親の私室は同じ階にあり、いかに広い屋敷とはいえ声が聞こえてしまう可能性は否めない。

そう考えた絢音は、「絶対に声を出さないようにしよう」と自らに言い聞かせる。だが胸の先端部分を服越しに引っ掻かれ、やわやわと揉みしだかれると、我慢できずに小さく声を漏らしてしまった。

「ぁ……っ」

そんな絢音の身体を、日坂がおもむろに抱き上げる。

そしてお姫さま抱っこの要領でベッドに運び、横たえながら覆い被さってきた。

「あ、……」

彼の整った顔、自分よりはるかに大きくしなやかな身体、ネクタイを緩めるしぐさを見た絢音は、その姿につい見惚れる。

世間から隔絶され、他者との関わりを排除されて生きてきた自分が日坂と出会い、今こうして抱き合っている——それが得難い奇跡に思え、目がじわりと潤んだ。

するとそれに気づいた彼が、心配そうに問いかけてくる。

「どうした?」

「哉さんのことが、本当に好きだなって思って。好きになった人に同じように想ってもらえるのって、幸せなことですね」

すると日坂が面映ゆそうに微笑み、絢音の額にキスをして答える。

「そうだな。俺も誰かに対してこんなにも強い愛情を抱くのは、絢音が初めてだ」

——彼の愛撫は、情熱的だった。

自分がどれだけ絢音を想っているかを思い知らせるように全身にくまなく触れ、反応を引き出す。「灯りを消してほしい」と懇願して室内を暗くしてもらったものの、目が慣れてしまえば完全な闇ではなく、すべてを見られているのが恥ずかしくてたまらない。

だが触れ合う素肌や体温、日坂のみっしりとした重みは、絢音の心を満たした。彼が膝をつかんでぐっと中に押し入ってきて、絢音は小さく呻く。

「うぅっ……」

強烈な圧迫感に思わず呻き声を上げる絢音の目元に、日坂がなだめるようにキスをした。

こちらが落ち着くのを待ってから彼が律動を開始し、絢音はその動きに翻弄される。昂《たか》ぶりは硬く大きく、内臓がせり上がるような苦しさがあるものの、それを凌駕する充足感があった。

絢音は腕を伸ばし、日坂の首にしがみつきながら、押し殺した声で告げる。

「哉さん、好き……っ」

すると彼が大きな手で絢音の頭を自分の肩口に抱き寄せつつ、熱を孕んださささやきで答えた。

「俺も好きだ。——君のためなら、何だってしてやりたい」

徐々に律動を速められ、絢音は身も世もなく喘ぐ。

こらえきれずに嬌声を漏らすと、日坂が唇を塞いできた。じりじりと快感に追い詰められ、体温が上がる。やがて絢音が達するのと、彼が最奥で熱を放つのはほぼ同時だった。

「……はぁっ……」

汗だくで息を乱し、絢音はぐったりと脱力する。

日坂も同様に息を乱しつつ、こちらの頬を撫でて問いかけてきた。

「大丈夫か？」

「……っ、はい」

彼が微笑み、後始末を終えたあと絢音の身体を抱き寄せてくる。

互いに汗ばんでいたものの不快ではなく、絢音は日坂の素肌に頬を擦り寄せた。すると彼がこちらの乱れた髪を撫で、思いがけないことを言う。

「君がどこかに住まいを探すなら、俺もこの家を出ようかな」

「えっ？」

「会社に近いところのマンションとかいいかもしれない。絢音が自立するといっても、いきなり一人で暮らすのは大変かもしれないし、近くにいれば何かと助けてやれる。

同じマンションの別々の部屋とか、楽しいと思わないか?」

　絢音は驚き、日坂の顔を見上げてつぶやく。

「それは……哉さんが近くにいてくれたら、確かに心強いですけど」

「本音をいえば一緒に住みたいけど、君の意思を尊重する。互いに何かを我慢したり気持ちを押しつけたりしないよう、その都度話し合っていきたいんだが、どうだろう」

　あくまでも自分を対等に扱ってくれようとする彼に、絢音は面映ゆさをおぼえる。世間知らずの自分は傍《はた》から見ていてかなり危なっかしいはずだが、日坂は無理やり手元に囲い込んだりしない。きちんと意見を聞き、必要に応じてアドバイスしようとする姿勢は、彼の人間的な器の大きさを感じられて頼もしかった。

　絢音は笑い、日坂に抱きついて言った。

「ありがとうございます。そう言ってくれて、すごくうれしいです」

「でも君がこの屋敷を出ていったら、母さんが寂しがるかもしれない。たまに会ってやってくれるか」

「はい。喜んで」

「それから君のオンラインスクールの資料を、できるだけ多く取り寄せよう。何を学びたいかで選ぶカリキュラムも違ってくるだろうし、大検を取れるような学力を身につけられるところはもちろん、将来に繋がるような資格を取れるところもあるみたいだ。よく考えて決めるといいよ」

彼の言葉を聞いた絢音は、目の前がパッと開けた気持ちになる。

これまでは伯父一家によって抑圧され、ただ千里眼を使うことだけを求められて、まったく自由がなかった。だがこの先の人生はどんなことでも自ら考え、気持ちが赴くがままに選択することができる。

(知識や経験が圧倒的に不足しているわたしは、失敗してしまうかもしれない。でも、哉さんが傍にいてくれたら――)

こちらの自主性を重んじつつ適切にアドバイスしてくれる日坂がいるかぎり、自分が大きく道を踏み外すことはないに違いない。

もうすっかり夜が更けていたが、話すことは尽きなかった。ワクワクとした気持ちがこみ上げるのを感じながら、絢音は彼と過ごす未来にじっと思いを馳せた。

その後、伏龍会のメンバーは絢音への逮捕監禁、及び弁護士二人に対する器物損壊と建造物侵入罪で逮捕された。

彼らは取り調べの中で「天堂祐成から依頼されてやった」と供述し、多額の報酬を受け取ったのを認めたため、祐成は教唆の罪で立件されることとなった。

その流れで弁護士の岡田が天堂家による絢音への人権侵害について訴え、警察も捜査に乗り出した。絢音への聞き取りや伯父一家への取り調べの結果、十年に亘る軟禁生活は養育を放棄していたとはみなされず、暴力行為は一切なかったため、児童虐待として立件することが難しいという結果になったのは残念だ。

しかし義務教育期間であるにもかかわらず学校に通わせなかったこと、十五歳未満だった子どもを宗教団体の巫女として働かせていた件については、ひどく問題視されたようだ。

約八ヵ月後、弁護士の岡田は絢音が既に成人していて保護者を必要としていないこと、天堂家が本人の意思に反して十年間自由を拘束してきた事実、及び一度家を出た際に半グレ集団に依頼して暴力で連れ戻そうとした悪質性などを理由に、裁判所から伯父一家の接近禁止命令を勝ち取った。

その頃には水守が磴会の内情を調べ上げており、宗教法人を設立する際の要件にいくつかの不備があった事実を指摘した。

代表役員である賢一の説明によれば、「宗教法人を設立した当時、本当は認可の要件を満たしていないにもかかわらず、顧客の政治家の力を使って無理やり通してもらった」というのが事の真相らしい。

その頃は御影が存命していたが、宗教団体の設立は賢一が独断で行ったものであり、彼女は事後報告で聞かされていたようだ。

結果的に、天堂家は宗教法人・磴会を解散することとなった。元より〝千里眼の巫女〟である絢音がいない以上、今までどおりの運営をするのは不可能で、なるべくしてなった結果だといえる。

その後、絢音は岡田と水守の勧めで民事訴訟を起こし、磴会に対して十年間の労働対価を求める損害賠償を請求していた。これまで湯水のごとく金を使ってきた伯父一家はそれに応える力はなく、減額を目的とした示談を申し入れてきているものの、それを聞いた日坂が苦々しい表情で言った。

「この期に及んで情に訴えれば何とかなると考えているなんて、君の伯父はずいぶんと楽観的なんだな」

「伯父は祖母やわたしの力に乗っかって、〝マネジメント〟の名目で美味しい思いをするのに慣れていた人ですから、もしかすると『今まで手塩にかけて養育してやった姪が、家族ともいえる自分たちを見捨てるはずがない』と思っているのかもしれません」

絢音が伏龍会によって拉致された事件から八ヵ月が経つが、あれから天堂家の面々には一度も会っていない。

祐成は伏龍会への教唆で執行猶予つきの有罪判決を受けたあと、自宅の金庫にあった多額の現金を持って姿を消したようだ。頼りにしていた息子から磴会の解散に伴う後始末や弁護士への対応をすべて丸投げされた形の伯父夫婦は、すっかり意気消沈しているという。

(祐成も伯父さんと同じで、今までまったく苦労をしてきていない人だから、これから大変なんじゃないかな。……わたしはもう会うことはないけど)

絢音の居場所を磴会に密告した倉成詠美については、日坂が彼女の両親と共に呼び出して厳重な抗議をした。

当初縁談の話を進めるものだと思ってにこやかに日坂家の屋敷を訪れた倉成夫妻は、娘が絢音に対してしたことを聞くと驚き、「詠美、本当なのか」と問い質していた。

押し黙って答えない詠美に対し、日坂が冷ややかに告げた。

「詠美さんは絢音に歪んだ独占欲を抱き、自分の思いどおりにならないと見るや、彼女に害を及ぼす親族に居場所を密告しました。絢音にダメージを与えるために僕との縁談を押し進めようとしており、そんな人間と結婚したいと思うはずがありません」

するとと詠美の母親の麻衣子は、信じられないという表情で娘を見つめ、「あなた、またそんなことを」とつぶやくと、青ざめながら謝罪した。

――彼女いわく、詠美は幼い頃から他人との距離を適切に測れず、人間関係で幾度となくトラブルを起こしてきたらしい。一度気に入ると相手をとことん独占したくなる性分で、度を越した執着で訴えられそうになったことも数回あるという。

高校を卒業してからは落ち着いたように見え、「過去のトラブルは、思春期特有のものだったのだ」と考えて安堵した倉成夫妻は、二十四歳になった詠美の結婚相手を探し始めた。

「詠美の結婚相手に、私の友人のご子息である哉さんはどうかと思って、他に縁談が進んでいないかを伺うためにこのお屋敷を訪れたのです。その際に詠美を同行したのですが、たまたまお屋敷に滞在していた絢音さんを紹介され、千佐子さんから『友人になってあげてほしい』というお話をされたとき、正直言って心配な気持ちもありました。でもこの子ももう大人なのだから、適切な距離を持って人とつきあえるはずだと考えて、プライベートに干渉しないようにしていたら……こんなことになってしまって」

倉成夫妻は、詠美から強い独占欲をぶつけられた絢音が逃げたくなるのは当たり前であること、拒絶された意趣返しに親族に居場所を密告するのは許されない行動であること、そうした人間性に日坂が不快感を抱くのはもっともだとして、縁談の白紙撤回を申し出てきた。

当の詠美はといえば、こちらとは終始目を合わせず、小さな声で「絢音さんのせいよ」「私は悪くない」とブツブツつぶやいていて、決して謝ろうとはしなかった。平身低頭の倉成夫妻からは慰謝料支払いの申し出があったものの、絢音はそれを辞退し、今に至る。

（詠美さんはあのあと、病院に通い始めたって聞いた。ご両親は彼女を結婚させるより治療が優先だと考えているみたいだし、いい方向に向かってくれたらいいな）

詠美を紹介されたときはうれしく、友人になれるかもしれないと思っていただけに、彼女の存在は苦い記憶として絢音の中に残った。だが今は恨む気持ちはなく、ただ心穏やかにいてほしいと切に願っている。

一方、日坂は興信所に依頼し、益村信行の素行調査を行った。すると彼が政治家の息子であるのを利用して学生時代から派手に遊び回っていたこと、大学院を卒業したあとは人が変わったようにおとなしくなっていたこと、優佳とは政財界の人間が集まるパーティーで知り合ったことが判明した。

日坂が絢音を伴って直接会いに行ったところ、益村は当初優佳について「知らない」とにべもない態度だった。

しかし彼女のスマートフォンに電話の送受信やトーク履歴が残っており、それを見せた上で「あくまでも優佳を知らないと言い張るなら、IPアドレスなどからあなたとの繋がりをとことん調べてもらうことになるが、それでもいいか」と告げると、渋々話し始めた。

——益村いわく、優佳との交際は彼のほうからアプローチして始まったという。益村は「僕は次の衆院選に立候補するから、女性と交際していることがばれれば支援者から『浮ついている』という印象を抱かれる」「選挙の結果が出るまで、僕らの関係は周囲に秘密にしてほしい」と提案し、優佳はそれを承諾したらしい。

だが実際は周到に立ち回り、同時進行で何人もの女性とつきあっていたようだ。しかも本命は与党の大物政治家の娘で、婚約の具体的な話が進んでいたといい、優佳から「妊娠した」という報告を受けたのはそんなときだという。

婚約を控えている身で他の女を妊娠させたことが明るみに出れば、破談になりかねない。自身の政治家としての将来にも暗雲が垂れ込めることになり、益村は優佳からの連絡を無視して自然消滅を狙った。

しかし直接会いに来た彼女に泣かれてしまい、面倒になってひどい言葉を投げつけたのだという。

「何を勘違いしているのか知らないが、僕は君と結婚するつもりはない。何度か遊んだくらいで彼女面するな」「そもそも腹の子が、僕の子どもかどうかも怪しい。選挙で一番大変な時期に、君はスキャンダルで僕の将来を潰すつもりか」——他にもいろいろと罵詈雑言《ばりぞうごん》を投げつけ、堕胎する費用として二十万円を手渡したところ、優佳はショックを受けた様子で帰っていき、それきり連絡が途絶えた。

「彼女が自死したという話を知人から聞いたのは……一週間後だった。僕の発言が優佳さんを追い詰めたのは明白で、もしかすると遺書に何か書かれているかもしれないと思って恐々としていたけど、何もなくてホッとした」

優佳の死後、益村は本命である政治家の娘と婚約し、その二ヵ月後に衆議院議員選挙で見事初当選を果たした。

日坂が会いに行ったのは若手の国会議員の中でイケメンと持て囃《はや》され、婚約者とも入籍して順風満帆の生活を送っていた頃で、寝耳に水だったようだ。

彼が突然目の前で土下座をし始め、絢音は息をのんだ。益村は口調を改め、日坂に向かって必死の表情で告げた。

「本当に申し訳ありませんでした。僕が結婚する気もないのに優佳さんを弄んだのは事実で、心から反省しています。でも、まさか死ぬなんて思わなかった。堕胎して心機一転やり直してくれればいい、優佳さんはきれいだから他の相手はすぐに見つかる——そう思っていたんです」

彼は「でも」と言葉を続けた。

「今の僕は結婚して家庭があり、国会議員の職務にも真面目に取り組んでいます。優佳さんに関しては消えない罪として心に刻み、二度と間違いを犯さないよう生きていく所存です。慰謝料は充分な金額をお支払いしますので、どうか事を公にするのだけはお許しいただけないでしょうか。お願いいたします！」

その瞬間、日坂を取り巻く空気がピリッと張り詰めるのを絢音は感じた。

益村の言い分は、勝手だ。優佳を弄んだ挙げ句に身籠《みごも》った彼女を手酷《てひど》く捨て、自ら死を選ぶまで追い詰めておきながら、今の生活が大切だと臆面もなく述べてみせる。

しかも彼は、今の自分の発言が日坂の逆鱗に触れたことに気づいていない。優佳をすっかり過去の人間として扱い、「金なら払うから、それで矛を収めてくれないか」

と実の兄に対して告げるのはあまりに無神経で、横で話を聞いていた絢音も強い怒りをおぼえた。

実は益村に会いに来る直前、絢音は日坂から彼の思う〝落とし前〟について聞かされていた。

それは「今までの素行を見るかぎり、彼はまったく反省していない」「益村にとって一番の痛手は国会議員として清廉なイメージを失うことだろうから、優佳を自死に追いやった話をマスコミにリークしようと思ってる」というもので、最愛の妹を弄んだ男に対する復讐《ふくしゅう》に他ならない。

肉親を理不尽に傷つけられ、結果永遠に失うことになった苦しみは充分に理解できて、絢音は彼に対して何も意見できなかった。「君にも一緒に来てほしい」と言われて会いに行くのに同行したものの、想像以上にひどい益村の言動に失望し、そんな彼を前にした日坂の心が心配になる。

(もし哉さんがこの人を殴ろうとしたら、わたしはそれを止めないと。万が一警察沙汰になったりすれば、哉さんの経歴に傷がついてしまう)

土下座する益村を、彼はぐっと奥歯を噛み、怒りに満ちた表情で見つめていた。

その拳はきつく握りしめられ、手の甲に血管が浮き出ている。地面に這いつくばる彼を見下ろしていた日坂が、長い沈黙のあとに口を開いた。

「優佳にした仕打ちを思えば……今この場であなたを殴り倒したい気持ちでいっぱいです。家族や友人たちに愛され、天真爛漫だった彼女が、誰にも悩みを打ち明けられずに一人で死を選ぶなんて、一体どれほどの絶望だったことか」

「……………」

「ましてや彼女のお腹には、あなたの子どもがいた。優佳と一緒に亡くなった小さな命について、益村さんはどう思っているのですか」

益村は気まずそうに「それは……」と言いよどみ、結局答えなかった。そんな様子を腹立たしげに見つめた日坂が、押し殺した声で言った。

「あなたが僕の妹にした仕打ちは、許しがたい。結婚する気もないのに妊娠させ、都合が悪くなったら捨てるなど、鬼畜の所業だ。国会議員である益村さんにもっともダメージを与える方法は何かと考え、僕は優佳の件をマスコミにリークしようと考えていました」

するとと益村が青ざめ、こちらを見上げて答えた。

「どうかそれだけは……。慰謝料は言い値で払います、僕には失えない立場があるんです」

「だが、そんなことをしても妹は戻らない。公表すれば何も知らないあなたの奥さまを傷つけてしまうのは避けられず、優佳はきっとそれを望まないでしょう。ですからもう結構です」

日坂の言葉を聞いた彼が、意表を突かれた様子で問いかけてきた。

「結構って……あの、お金はいかほど」

すると日坂がカッと激昂し、吐き捨てるように言った。

「お金お金って、あなたにはそれしか言うことがないのか。自らの保身しか考えない下劣な人間とはこれ以上話をしたくないから、もう結構だと言ってるんだ。僕は今後あなたに関わる気はないが、やったことへの報いはいつかきっとその身に降りかかる。よく覚えておくといい」

結局益村には何のペナルティも課さずに終わり、日坂の報告を聞いた彼の両親は「仕方ないね」と語っていた。

たとえ益村に多額の慰謝料を請求しても、資産家の息子である彼にはダメージがない。むしろ優佳の命を金に換算するのが許せなかったのか、圭祐と千佐子は息子の選択を受け入れた。

しかしその後、益村には思いがけない形で罰が下ることになった。彼に手酷く捨てられた女性が、それを証拠付きで雑誌に暴露したのだ。

するど他にもいた被害者たちが次々と名乗り出る事態となり、未成年の買春をしていたことも明らかになって、益村は釈明に追われた。

大臣職にある父親も庇いきれず、むしろ自身の政治生命と天秤にかけて不肖の息子を切り捨てる決断をし、結局益村は国会議員になって一年も経たないうちに辞職することになった。

「悪いことはできないものだな。俺が手を下さなくても、彼は積み重ねてきた行動で自滅した。イメージは最悪だし、国会議員として返り咲くのはおそらく無理だろう」

「……そうですね」

エピローグ

暦は六月となり、気温がぐんぐん上がって夏を思わせる日が増えてきた。

伏龍会の事件のあと、絢音は日坂家の屋敷を出て都内のマンションで新しい生活を始めた。同時期に日坂も実家を出て、現在は同じマンションの別々の部屋で暮らしている。

とはいえ彼の住まいは最上階の３ＬＤＫで、絢音は低層階の１ＤＫだ。一人なら部屋はいくつも必要なく、リビングと寝室という間取りで充分という判断で契約した。

そして独り暮らしを始めて間もなくオンラインスクールに申し込み、空白の十年間を埋めるべく勉強をしていた。小中高の五教科を学び直しできる大人向けの講座で、購入した動画を何度も見直すことができ、自分のペースでコツコツ勉強を進められるところが気に入っている。

一度勉強を始めると面白く、小学校の復習から始めた絢音は既に中学二年生の終わりレベルまで進めていた。その一方、マナースクールとお茶、華道教室を千佐子に紹介してもらい、それぞれ週一回のペースで通っている。

日坂の両親との関係は、良好だった。彼らは弁護士の働きによって絢音の人権侵害の認定と損害賠償の目途が立ったことを喜び、屋敷を出た今もお茶をしたり食事をしたりと定期的な交流が続いている。

優しく大らかな二人を、絢音は第二の両親のように思っていた。日曜である今日は「夕食を食べにおいで」と広尾の屋敷に招かれており、その手土産を買いに街中まで出てきている。絢音は雑踏を歩きながら言った。

「千佐子さんは甘いものがお好きですから、百貨店で何か見ましょうか。それからお花も買っていきたいです」

本当はもう少し早く出掛ける予定だったが、二時間ほど遅れてしまったのは日坂のせいだ。

彼が絢音をベッドからなかなか出してくれず、朝から二度も抱き合ってしまって、慌てて支度をして出掛ける羽目になった。

隣を歩く彼の様子を、絢音はそっと窺う。交際を始めて九ヵ月になる日坂は、相変わらず端整な容姿の持ち主だ。休日ということもあり、シンプルなボタンダウンシャツとテーラードジャケット、センタープレスのパンツというカジュアルな恰好だが、スラリとした長身のせいか充分スタイリッシュに見える。

その横顔はまるで彫刻のように整っており、絢音はじわりと頬を赤らめた。こうして一緒に街中を歩くと、道行く女性たちがチラチラと日坂を見ているのがわかり、誇らしさと心配が入り混じった複雑な気持ちになる。

容姿と家柄、大企業の御曹司という社会的地位を兼ね備えた彼は、ハイスペックな男性だ。そんな日坂が自分だけを愛し、大切にしてくれることが、得難い幸せに思えてならない。

同じマンションの別々の部屋で暮らし始めて以降、彼の絢音に対する溺愛ぶりは増した。両親の存在を気にせずに絢音を抱けるようになったせいか、一度ベッドに引き入れるとなかなか離してくれない。

平日の日坂は仕事で、絢音も勉強や習い事などで忙しくしているが、夜は一緒に夕食を取ってどちらかの部屋に泊まるのが日常化していて、ほぼ同棲状態になっていた。

それでも、最初の取り決めで週に一度夜に一人で過ごす日を作ったせいか、自分の時間を確保できて精神的なゆとりを感じる。

(哉さんと出会って、わたしの人生はガラリと変わった。あの日ぶつかったのがこの人じゃなかったら、きっと今頃こんな生活をしていないだろうな)

そんなふうに考える絢音を見下ろし、日坂が問いかけてくる。

「どうした？」

「哉さんに最初に会ったのも、こうやって混み合う街中だったなと思って。あれからまだ一年も経っていないのに、すごく昔みたいに思えるから不思議です」

「そうだな。俺も絢音とは、もっと長く一緒にいるような気がするよ」

笑い合い、目的の百貨店に向けて歩く絢音の腕が、ふいに強く引っ張られる。

驚いてそちらに視線を向けた絢音は、そこに思いがけない人物を見て目を瞠った。

「あ……」

「絢音、久しぶりだな」

そこにいたのは、従兄の天堂祐成だった。

彼に会うのは、実に八ヵ月ぶりだった。絢音を拉致した首謀者だと断定された祐成は警察に逮捕され、裁判で執行猶予つきの有罪判決を受けた。彼はその後、天堂家に保管されていた多額の現金を持って姿を消し、賢一が血眼になって行方を捜していたはずだ。

絢音は裁判などの対応を弁護士に任せ、伯父夫婦や祐成とは一度も顔を合わせずにここまできたが、久しぶりに会った彼はすっかり面変わりしていた。

髪はボサボサでだらしなく伸び、頬が不健康にこけている。服装もあまり清潔感がなく、かつては整っていた容姿の片鱗がまったく残っていなかった。祐成は目を爛々と輝かせ、絢音を見つめて言う。

「こんなところで会えるなんて、運命としか言いようがない。やっぱり俺と絢音は特別な糸で繋がってるんだ」

「…………」

「あれから俺は、さんざんだよ。家から持ち出した金で事業を始めようとしたんだけど、ビジネスパートナーに資金を持ち逃げされてしまってね。今はその日暮らしだけど、こうして絢音に会えたのなら運が向いてきた」

彼が絢音の腕をつかむ手に力を込め、歪な笑みを浮かべて言う。

「君の千里眼さえあれば、金を稼ぐのは簡単だ。俺がマネジメントするから、また政財界の人間を相手に荒稼ぎしよう。絢音だって自分の能力でちやほやされるんだから、悪い話ではないだろう」

そのとき日坂が祐成の腕をつかみ、厳しい表情で告げる。

「彼女から手を放せ。あなたに絢音に触れる資格はない」

「日坂か。君はまだ絢音と一緒にいたんだな。自分だって絢音の能力が欲しくて手元に囲い込んでるくせに、偉そうにするなよ」

それを聞いた絢音はカッとし、祐成に向き直って言う。

「祐成、わたしは今、千里眼をまったく使わない生活をしてるの。哉さんはわたしに、そういうことを求めないから」

「――……」

「哉さんだけじゃない。この人のご両親もわたしに千里眼を使うのを求めたことはないし、普通の人間として扱ってくれる。これがどれだけわたしにとって救いになっているか、あなたにわかる？」

十一歳の頃から〝千里眼の巫女〟でいるのを求められた絢音は、それから十年ものあいだ一般社会から隔絶された。

だが今はかつて学べなかったことを勉強し、習い事をしながら見分を広げて、毎日がとても充実している。そのきっかけを与えてくれたのが日坂なのだと語った絢音は、強い決意を込めて祐成に告げた。

「わたしはもう、籠の鳥の生活には戻らない。これからは何でも自分の頭で考えて決めるし、千里眼を金儲けの手段として使う気はないの。だから祐成も、自分の人生は自分で何とかして。わたしを利用しようとは思わないで」

彼が信じられないという表情で、口を開きかける。

しかしそれに先んじて、日坂が強い口調で言った。

「自分が助かるために絢音の身柄を伏龍会に引き渡そうとした時点で、あなたは彼女に関わる権利を永久に失ったんだ。今後は絢音のことは忘れ、俺たちの与り知らぬところで勝手に生きていけばいい」

彼が「行こう」と言って絢音の肩を引き寄せ、雑踏の中を歩き出す。

立ち尽くす祐成をチラリと見やった絢音は、日坂に向かって謝罪した。

「すみません、哉さん。祐成があんな……」

「君が謝る必要はない。彼があんして落ちぶれているのは、自業自得だ。この期に及んで絢音を利用としようとするなど、図々しくて反吐《へど》が出る」

かつては涼やかだった従兄の変貌ぶりは、絢音にとってショックだった。

しかしあんな出来事があったにもかかわらず、こちらをまた金儲けのために利用しようとするのだから、祐成は本当の意味で反省をしていないのだろう。

絢音がそう考えていると、ふいに日坂が隣で足を止める。そしてこちらを見つめ、思いがけないことを言った。

「絢音。――俺と結婚しないか」

「えっ？」

「いつ言おうか、ずっとタイミングを見計らってた。俺は君の真面目なところや素直な性格、天真爛漫なところが好きだ。きれいな容姿ももちろんだが、絢音は千里眼という稀有な能力に驕《おご》らず、コツコツと努力を積み重ねているだろう。そういう地道で謙虚な部分に、俺は強い庇護欲をおぼえる。傍で支えてやりたくてたまらなくなるんだ」

彼の真剣な表情に、絢音の心臓の鼓動が速まる。日坂が言葉を続けた。

「君と出会ってから、俺の人生は色鮮やかになった。笑顔を見るだけでホッとするし、一緒に過ごす時間で心癒やされる。絢音が傍にいてくれるだけで毎日自然と頑張ろうと思えて、そんな相手はこの先絶対に現れないと断言できる」

情熱を秘めた彼の言葉に、絢音の胸がじんと震えた。

出会って人生が変わったのは、自分のほうだ。勢いで天堂家を飛び出したあと、たまたまぶつかった日坂が手を差し伸べてくれなかったら、世間知らずの絢音はきっとまごまごするだけだった。

いつか彼が言っていたように悪い男に騙されて利用されるか、天堂家に連れ戻されて再び籠の鳥になるのがオチだったに違いない。

(でも――)

日坂が親身になって相談に乗ってくれたからこそ、今の生活がある。誰かに強制されることなく、自らの意思で「この人と一緒にいたい」と思い、それを実行することができる。

それがどれだけ幸せかを感じながら、絢音は目を潤ませて応えた。

「わたし、哉さんにそう言ってもらえてすごくうれしいです。ずっと一緒にいられたらいいなって思っていたのは、わたしも同じですから」

「……絢音」

「哉さんだけではなく、ご両親のことも大好きです。突然現れた得体の知れない力を持つわたしを、お二人は普通の人間として扱ってくれました。感謝してもしきれません」

絢音は「でも」と一旦言葉を区切り、懸念を口にした。

「本当にわたしでいいんでしょうか。わたしは中学と高校に通っていなくて、社会常識にも欠けているところがあります。そんな人間は、日坂家にふさわしくないのでは」

「君が欠けている知識を埋めるためにどれだけ努力しているか、俺も両親もよく知ってるよ。学力うんぬんではなく、絢音は人としての常識をちゃんと弁えていて礼儀正しい。だからどうかそのままの君で、安心して俺の妻になってくれないか」

日坂が本心からそう思っているのが伝わってきて、絢音の心に安堵が広がる。

こうして真摯に向き合ってくれる彼となら、きっと幸せになれるだろう。そう確信しながら、絢音は笑顔で頷いた。

「はい。――どうかよろしくお願いいたします」

すると日坂が目に見えてホッとし、微笑んで言う。

「よかった。もし断られたりしたら、どうしようかと思っていた」

「哉さんがですか？」

「プロポーズなんて初めてだから、それなりに緊張するよ」

日坂ほどの人でもそう思うのだとわかり、絢音は微笑ましさをおぼえる。彼が手を差し伸べてきて、絢音は面映ゆい気持ちでそれを握った。

するとその瞬間、頭の中にいくつかの光景が浮かんで、思わず動きを止める。日坂が不思議そうに問いかけてきた。

「絢音、どうした？」

――頭の中に浮かんだのは、彼と結婚式を挙げる自分の姿だった。

華やかなウェディングドレスを身に纏《まと》った絢音は、盛装した日坂と共にたくさんの人々に祝福されている。その後、可愛らしい赤ん坊を腕に抱く姿や、幼い二人の子どもたちが遊ぶ姿を笑顔で見守っている彼の両親の姿が視え、それが今後訪れる未来なのだと確信した。

（わたしは哉さんと、間違いなく幸せになれる。——千里眼がそう教えてくれた）

生まれ持った千里眼の能力は絢音にとっては当たり前のものであり、普通の人とは違うそれが少し疎ましくもあった。

だがこうして幸せな未来を見せてくれたのだから、そう悪いものではないのかもしれない。そんなふうに考えた絢音は、日坂の手を強く握る。そしてそのぬくもりと大きさをいとおしく感じながら、笑顔で言った。

「——何でもないです」

このあと訪問する予定の日坂邸で結婚の報告をするという彼が、「絢音のご両親のお墓にも、挨拶に行かないとな」と提案してくる。

それに対して頷きながら、絢音は先ほど浮かんだ幸せな未来の姿を反芻《はんすう》し、微笑んで歩き出した。

あとがき

こんにちは、もしくは初めまして、西條六花《さいじょうりっか》と申します。

マーマレード文庫さんで十一冊目となる作品『囚われの令嬢は、極上御曹司から抗えない深愛を刻まれる』をお届けいたします。

今回のヒロインは千里眼の力を持つ深窓の巫女で、今までにない設定となりました。

プロットの段階で編集部が〝千里眼の能力で、一体どこまでできるのか？〟を親身になって考えてくださり、執筆するに当たってとても参考になりました。

ヒロインの絢音は純粋培養で、世俗から長く隔絶されていたために世の中のことをあまりよく知りません。

そんな彼女を支えるヒーローの日坂は、容姿と家柄、大企業の御曹司という社会的地位を兼ね備えたハイスペックな男性で、二人はとある事件の解明のために協力することになります。

千里眼とは訪れたことのないはるか遠くの場所まで見通し、未来の出来事や過去を視たり、物体を透かして肉眼では見えないものを視る透視能力のことを指しますが、もし自分にその力があったらどうするだろうと考えてみると、やはりお金儲けに使うかもしれませんね。

相場の行方を視て株や為替で大儲けするのはとても魅力的ですが、贅沢はある程度までいくと飽きる気がするので、何事も程々がいいかもしれません。

今回のイラストは、南国《なんごく》ばななさまにお願いいたしました。

もう何度もお仕事をご一緒しているのですが、今回も清楚でどこか神秘的な雰囲気のある絢音と包容力のある日坂を素敵に描いていただけ、とてもうれしいです。

さて、わたしは過去何年も熱を出していない超健康体だったのですが、このたびインフルエンザに罹患《りかん》しました。三十九度台の熱と咳《せき》、鼻詰まりがつらかったのはもちろんなのですが、頭がぼーっとして数日間原稿ができなかったことがショックでした。

今は快方に向かっており、遅れを取り戻すべく必死です。何でもない日常や健康って、本当に大事ですね（失ってみてわかる……）。

またどこかでお会いできますように。

マーマレード文庫

囚われの令嬢は、極上御曹司から抗えない深愛を刻まれる

2024年5月15日　第1刷発行　定価はカバーに表示してあります

著者　西條六花　©RIKKA SAIJO 2024
発行人　鈴木幸辰
発行所　株式会社ハーパーコリンズ・ジャパン
東京都千代田区大手町1-5-1
電話　04-2951-2000（注文）
0570-008091（読者サービス係）
印刷・製本　中央精版印刷株式会社

Printed in Japan ©K.K. HarperCollins Japan 2024
ISBN-978-4-596-82328-1

m a r m a l a d e b u n k o